哀しい予感

吉本ばなな

幻冬舎文庫

哀しい予感

☆

その古い一軒家は駅からかなり離れた住宅街にあった。巨大な公園の裏手なのでいつでも荒々しい緑の匂《にお》いに包まれ、雨上がりなどは家を取り巻く街中が森林になってしまったような濃い空気がたちこめ、息苦しいほどだった。

ずっとおばがひとり住んでいたその家に、私はほんのしばらく滞在した。それはあとで思えば、最初で最後の貴重な時間となった。思い出すと不思議な感傷にとらわれてしまう。いつの間にかたどりついた幻のように、その日々は外界を失っている。

おばと2人で過ごした透明な時間を私は悼む。全くの偶然から産み出された時のすきまの空間を、共に持てたことを幸運に思う。いいのだ。終わってしまったからこそ価値があり、先に進んでこそ人生は長く感じられるのだから。

はっきりと思い出す。古い木の玄関扉には曇った金色のノブがついていた。庭の雑草は放《ほ》ったらかしにされて高く高く生い茂り、枯れかけた立木と共にうっそうと荒れて空を隠していた。つたが暗い壁を覆い、ひび入った窓にはテープが無造作に貼ってあった。床はいつもほこりにまみれ、晴れた光に透けて舞い上がってはまた静かに床を埋めた。あらゆるものが心地良く散らかり、切れた電球は替えられることもない。そこは時間のない世界だった。そして私が訪ねていったその時まで、おばはずっとそこで、ひとり眠るようにただひっそりと暮らしていたのだ。

彼女は私立高校の音楽教師をしていた。30になるが独身で、いつの頃《ころ》からかひとり暮らしをしていた。「未婚で地味な音楽教師」を想像してみてほしい。朝、出勤する時の彼女はまさにそれそのものだった。いつでもドブネズミ色のスーツをがっちり着込んで、化粧を全くせず、髪の毛を黒ゴムできっちりとひとつに束ねて、中途半端な高さのヒールをはいて、朝もやの道をコツコツ歩いてゆくのだ。よくいるでしょう、顔だちは異様に美しいのに、どうしようもなく野暮《やぼ》ったい人。私はおばが「音楽教師に見えるでしょう、こんなもんで」という、世の中をなめたマニュアルを実行しているとしか思えなかった。なぜなら家の中でねまき同然のラフなかっこうをしてのびのびとしている時、彼女は別人のように垢抜《あかぬ》けて美しくなるからだ。

おばの生活は変人そのものだった。彼女は帰宅すると即座にねまきに着替え、はだしになってしまう。そして放《ほう》っておくと、1日中、爪《つめ》を切ったり、枝毛を切ったりしてごろごろしている。窓の外をただずっと何時間もぼんやりと見つめていたり、廊下にごろりと寝ころんだまま眠ってしまったりする。読んだ本は開きっ放し、洗濯物は乾燥機に入れっ放しで、食べたい時に食べ、眠い時に寝る。自分の部屋と台所以外は何年も掃除すらしていないらしく、私はついたとたん、自分が泊まる部屋の恐ろしく汚ない様相を整えるのにやむをえずひと晩中、まっ黒になって働いた。そんな時もおばは悪びれる事もなく、「お客様が来たから」と言って真夜中なのに何時間もかけてひとり、大きなケーキを焼いてくれた。万事がそのようにトンチンカンだった。掃除がすっかり終わり、2人でそれを食べたのは夜明けで、空が明るかった。万事がそんなふうで、そこには生活の秩序というものが何ひとつ存在していなかった。

それにしても多分、おばが美しいからそういうことのすべてが妙に美点としてうつるのだろうと私は思った。確かに彼女はつくりがきれいだった。しかしそういう意味で言ったらおばより美しい人はいくらでもいる。私にとって美と映《うつ》ったのは彼女の生活とか、動作とか、何かするときのかすかな表情の反応にまでびっしりとはりめぐらされたある「ムード」だった。それはがんこなまでに統一され、この世の終わりまで少しも乱されることがないように思えた。だからおばは、何をしていても不思議と美しく見えた。彼女の発する空《うつ》ろで、しかし明るい光はまわりの空間を満たしていた。長いまつ毛をふせて眠そうに目をこする様は天使のようにまばゆく見えたし、床に投げ出された細い足首は彫像のようにつるりと整っていた。その汚なく古い家中が、おばの動きにあわせてゆっくりと満ちたりひいたりしているように感じられた。

あの夜、外からいくら電話をしてもおばは出なかった。雨がざあざあ降っていて、私は不安な気持ちのままおばの家を目指した。緑が闇《やみ》に煙り、むせかえるような夜の空気はどこか孤独な瑞々《みずみず》しい匂いを含んでいた。私は大きなボストンバッグを肩に持ち、その重みによろけながら、ひたむきに歩いた。とても、暗い夜だった。

私は、昔から考えごとがあるときよく家出をした。行き先を告げずに旅行に出たり、友人の家を転々としたりする。そうしていると、頭が冴《さ》えていろいろなことがよくわかってくる。はじめは両親もいちいち怒ったが、高校に入った頃になるとさすがにあきらめて何も言わなくなった。だからこんなふうに何も言わずにふらりと出てくるのは、決して珍しいことではなかった。ただ、自分がおばの家、そこを目指していることだけがこの段になってもまだ少し不思議に思えた。

私とおばはあまり親交がなく、親類全体の大きな集まりでもない限りは顔を合わせることも滅多になかった。でも私は変わり者のおばをなぜだかとても好きだったし、彼女と私だけが共有する、ある小さな思い出を持っていた。

☆

その時、私はまだ小学生だった。

母方の祖父の葬式の朝、真冬の、今にも雪が降ってきそうな光る曇り空だった。よく覚えている。私はふとんの中から障子越しにぼんやり明るいその空を見ていた。窓の横には、その日の葬式に着てゆく喪服がかかっていた。

廊下でひっきりなしに電話をしている母の声が時々、涙でつまるのがわかった。私はまだ幼くて、死がよくわからなかったが、悲しむ母がただ悲しかった。しかしその合間に母が大声で、

「なに、あんた、ちょっと待ちなさい！　そんな……。」

と言って切った変な電話が混じっていた。そしてしばらくの沈黙の後に、母は、ゆきのったら……とつぶやいた。私は、すぐに理解し、おばはきっと葬式に来ないんだな……とぼんやり思った。

その前夜、通夜の席で、私はおばに会っていた。おばの様子はやはり少し周囲とピントがずれているように思えた。大勢いる母のきょうだいのうち、ひとりぽつんと若く、ひとり無口なおばは、終始ただ立っているだけだった。そして、ひとり、息をのむほど美しく見えた。多分、彼女にとってそれは一張羅の喪服だったのだろう。そして私はおばがそういうきちんとした服装でいるところをはじめて見た。黒いワンピースのすそのところにクリーニング札がついたままなのを母が取ってやっても彼女は照れもせず、にこりともしなかった。代わりに悲痛なゆっくりさでかすかに頭を下げた。

家族といっしょにただ立ちつくして、やってくる人々の列を見ていた私は、おばから目が離せなくなってしまった。彼女は目の下に隈《くま》をつくり、まっ白い唇をして、目に映る白と黒のコントラストの中、幽霊のように透明に見えた。門外の受付のところでは巨大なストーブがたかれ、暗い闇に熱風をはき出していた。凍えそうな夜の中、ごうごう音をたてて燃える炎のその勢いのいい赤に、おばのほほが鮮やかに照らされていた。皆があいさつを交わしたり、ハンカチで目を押さえたりして、暗いあわただしさをたたえていたその夜の中で、おばだけがぴたりと、まるで闇の一部になってしまったように静止していた。真珠のネックレス1つで、手には何も持っていず、瞳《ひとみ》だけが火を映してきらきらと強く光って見えた。

——きっと、泣くのを必死でこらえているんだわ、と私は思った。死んだ祖父のいちばんの気がかりはひとり暮らしのおばで、彼女は祖父にとても可愛《かわい》がられていた。祖父母の家はおばの家の近所で、多分よく行き来していたのだろう、幼い私はそのくらいのことしか知らなかったが、立ちつくし夜を見つめるおばの姿を見ていたら、私にまでその悲しみの深さが伝わってくるようだった。そう、私は特別、おばのことがよくわかった。やたら口数の少ないおばのちょっとしたしぐさや、目線や、顔の伏せ方ひとつで、私には何となく、おばが喜んでいるのか、退屈しているのか、怒っているのかが伝わってきた。母や他の親戚《しんせき》が「あの子は何を考えているのかさっぱりわからない。」と愛情とあきらめを半々にして語り合う時、私はいつも、子供心にも不思議に思った。どうして、みんなにはわからないのだろう？　どうして私には、こんなにもよくわかるのだろう。

そして私がまさにそう思った瞬間、おばは突如涙を流した。はじめはぽろぽろとほほを落ちただけのその透明な水滴は、やがてすすり泣きに、そして号泣に変わっていった。私だけがその変化を見、理解していた。周囲の人々はびっくりして、おばを奥に連れていってしまった。しかし周囲の人はおばを見続けていなかった。驚いただけだ。私だけが、ずっと見ていた。そういう妙な自信を自分の中に感じた。

おばはその日、「葬式には行かない、旅行に行く。」とだけ言って電話を切ったそうだ。そして母がいくらかけ直しても、もう出なかった。葬式はおば抜きで行われ、その後、何度母が電話をかけても留守だった。何日も連絡が取れず、母はあきらめて「きっと、どこか遠くに行っているのね、また少ししてからかけてみましょう。」としんみりと言った。

葬式の翌日、私は、どうしてもおばがいる気がして、ひとりおばの家を訪ねた。まだ10にも満たないくせに、よく行動に移したものだ。しかし、母が呼び出し音を聞き続け、ため息をついて受話器を置く度に私は強く思った。〝きっといる、ただ出ないだけだわ〟それを確かめたかったのだ。

ランドセルを背おったまま、電車に乗っていった。小雪がちらつき、ひどく寒い夕方だった。胸がどきどきした。それでもとにかく会いにいった。たどり着いたおばの家はうす闇の中、まっ黒にそびえ、やはり出かけているんだろうかと不安になりながら、私はチャイムを押した。祈るように、何度も、何度も押した。やがて、ドアの向こうにかすかな物音が聞こえ、おばがやってきてドアの手前で息をひそめているのがわかった。私は言った。

「弥生《やよい》です。」

ガチャリ、とドアが開き、やつれ切ったおばは信じがたい、という瞳で私を見た。きっとうす暗い部屋の中でずっと泣いていたのだろう、赤い、はれた目をしていた。

「どうして？」

とおばは言った。

おそるおそる、私は言った。

「きっと、いると思ったの。」

ただそれを伝えることで精一杯だった。

「上がって。お母さんには、内緒よ。」

と言っておばはちょっと笑った。彼女は白いパジャマを着ていた。ひとりでそこを訪ねるのは初めてだった私にとって、その荒れた室内はとても淋《さび》しげで、寒く思えた。

ストーブのあるのが多分、その部屋だけなのだろう、私はその時、2階にあるおばの部屋に通された。大きな黒いピアノがあった。いろんなものを足で押しのけてクッションを置いたおばは、

「何か飲み物持ってくるから、そこにすわってて。」

と言って階下へ降りていった。窓の外はみぞれに変わり、ぱらぱらとガラスに氷のぶつかる音がした。おばの家のあたりの夜があまりに暗くひっそりと訪れるので驚いていた。そんなところにずっと、ひとりで住んでいるなんて私には想像もつかず、何となく居心地が悪かった。正直言って早く家に帰りたかった。ただ——

「弥生ってカルピス嫌い？」

と言って、階段を上ってきたおばの、はれたまぶたがあまりにも痛ましくて、私はただ、

ううん、と言って、その熱いカルピスのカップを受け取った。

「学校を休んで、ただ寝ていただけなの。」

もうすわる所が少しもないので、おばはベッドに腰かけてそう言い、はじめて本当の笑顔を見せた。私はそれでやっと、ほっとした。なぜ、おばが祖父母と暮らさずに、そんなこわれかけた家でひとりで住んでいるのか、私は全く知らなかった。祖父が死んだことで、どうしてかおばが本当にひとりになった気がした。だから、幼い私をきちんと大人あつかいする彼女に何かを伝えてやりたかった。

「お母さんは、私が旅行に行ってるって言ってたでしょう？」

「うん。」

「内緒よ。ここに、いること。大人の人には誰にも会いたくないの。面倒だから。わかるでしょう？」

「うん。」

おばはその頃、音大に通っていた。本棚には膨大な数の楽譜が並び、譜面台には開いたままの1冊が立っていた。ライトに照らされた机の上には、レポート用紙が雑然と積んであった。

「ピアノの練習していたの？」

私は言った。

「ううん。」譜面台を見ておばは微笑《ほほえ》んだ。「単に出しっぱなしにしてあるだけ、ほら、ほこりがつもってる。」

そして、そっと立ち上がり、ピアノの方へ歩いていった。黒いふたのほこりを手の平でさっさと払うと、ふたを開けて、いすにすわった。

「何か、弾こうか。」

夜近い部屋の中は永遠のように静かだった。私がうん、とうなずくと、おばは譜面を見ずに静かな曲を弾き始めた。ピアノを弾く時ばかりはおばの背すじもぴんと伸び、横顔は健やかに指を追っていた。風とみぞれの音と、音色が混ざりあって、まるで知らない国にいるような不思議な世界が生まれた。夢の中にいるようなひとときだった。私は祖父が死んだことも、おばの悲しみのこともしばらく忘れて、ただその空間に耳を澄ませていた。

曲が終わるとおばはため息をつき、

「久しぶりにピアノ弾いちゃった。」

と言って、ふたを閉じ、私に微笑みかけた。

「お腹《なか》減った？　何かとろうか？」

「ううん、内緒で来たから、もう帰らなくちゃいけないの。」

と私は言った。

「そうね。」

おばはうなずいた。

「駅までの道、わかる？　私、ねまきだから出られない。」

「うん、大丈夫。」

私は立ち上がった。廊下に出て、階段を降りてゆくと冷気はあまりにもきびしく、体に食いこんでくるようだった。

「じゃ。」

と私は靴をはいた。本当は伝えたいことがたくさんあったはずなのに、いざ、やっぱり家にいたひとりきりのおばを前にしてみたら何も言えなかったことがひどく悲しく思えた。でもその時、私にはそれが精一杯だったのだ。

玄関を1歩出た時、おばが私を呼び止めた。

「弥生。」

静かな声だった。余韻があった。私は振り向き、おばを見た。これからまた暗い部屋へ戻って夜を明かすのだろう。自分が来たせいで、その後の時間をかえってひとりぼっちにさせる気がした。廊下の明かりを背に、おばの白い素足だけがくっきりと見えた。おばは不思議な目をしていた。何かを言いたそうな、遠いところを見ているような深い輝きをたたえて、私を見ていた。

「弥生、嬉《うれ》しかった。」

とおばは言い、少し微笑んでみせた。

「うん。」

と私は言い、伝わったと思った。私が来た意味が、ちゃんとわかっている。手を振って、家を後にした。闇の中を凍えて私は急いで帰った。母に遅い帰宅をさんざんしかられ、行き先を聞かれたが、私は決して言わなかった。誰《だれ》にも話してはいけない気がした。

☆

おばの家で過ごしたほんのひとときの不思議な印象は、私の胸に深くしまいこまれた。あの独特な色をした空気、おばのいる空間では過ぎてゆく時間さえ足を遅くするように思えたこと。奇妙になつかしく胸に迫ってきたあのひとときの印象が胸に焼きついた。

やがて、木々の間におばの家の白い壁が現れ、そのぽつりと明かりのついた窓が見えた時、私はほっとした。やはりおばはいたのだ。家の前に立ち、きらきらと暗く光る水滴をたくさんのせた錆《さ》びついた門をきい、と開き、ドアチャイムを押した。少し緊張して待っていた私の耳に、やがて奥の方からゆっくりと足音が近づいてくるのが聞こえた。おばはドアの向こうに立ち、

「どちら様ですかあ。」

と言った。

「私、弥生。」

私が告げるとドアががちゃりと開いた。

「あら、まあ、久しぶり。」

私を見るとおばはそう言って、淡く微笑んだ。大きな瞳は深く澄み、きちんと整った色の薄い唇が、やさしい形に笑いをつくるのを、私は夢のように思いながら見つめた。

「急に、ごめんなさい。何度か電話をかけたんだけれど。」

と言って、私は玄関のたたきによいしょ、とボストンバッグをおろした。

「ああ、電話。鳴ってたのは知ってたんだけど……つい面倒で。悪かったわ。」と言っておばは私の荷物を見て笑った。「どうぞ、お入りなさいよ。何？　旅行帰りなの？」

「うん、ちょっとね。あのね、なるべくじゃまにならないようにするから、しばらく泊めてほしいのよ。」

私は言った。

「あらまあ、家出。」

おばは目を丸くしてそう言った。つぶやくようなその声は、かすかに戸惑っているようだったが、私の心のどこかにしっかりとした自信と確信があった。大丈夫、きっとこの人は泊めてくれる、私達は絶対に仲が良い。

「……だめ？」

もういちど静かに、私はたずねた。

「いいわよう、決まってるじゃない。この家に部屋が余ってるのを知っているでしょう？　好きなだけいらっしゃいよ。」

おばはきょとん、とした瞳の後に、明るい口調でそう言った。

「さあ、お入りなさい。雨に濡《ぬ》れるわ。」

そして、私を奥へ招き入れた。

あの夜の低い雨の音、沈む闇の濃さ。入ったとたんに閉ざされたドアの中の、静かな空間。きしむ廊下を歩いて、台所へ行った。古びた大きなレンジでお湯をわかして、熱い紅茶を入れてくれたおばの、白いパジャマの後姿が大きな影を壁に映していた。おばは何も聞かず、お茶の香りが部屋中に満ち、テーブルにひじをついて私は、「私は単にもう1回、ここに来たかったんだ」と突然にそう思った。何もかもがわかったような確信が勝手にやってきた。嬉しさに高揚して涙が出そうなくらいで、そんな自分が不思議だった。ここに来るだけでよかったのだ。

それから私は、おばがピアノを弾くのを本当に久々に耳にした。昔と全く変わらない、柔らかい音だった。ある曇った午後、2階のおばの部屋から流れるその美しい音色が、庭木の間をぬうようにして、灰色の空にかすかに消えてゆくのを私は台所の窓からじっと見ていた。音というものが目に見えるときがあるのだと、私はその暮らしの中ではじめて知った。いや、その時のそれは何かもっと、なつかしい眺めだった。その美しい旋律は遠い昔、いつもそうして、音を見ていたような、そんな甘い気持ちをよびさました。私は目を閉じ、耳を傾け、みどりの海底にいるようだと思った。世界中が明るいみどりに光って見えた。水流はゆるやかに透け、どんなにつらいことも、その中では肌をかすめてゆく魚の群れくらいに思えた。行きくれてそのままひとり、遠くの潮流に迷い込んでしまいそうな、哀《かな》しい予感がした。

19の私の、初夏の物語である。

☆

その日曜日は、朝から母が庭に立ち、植木の手入れをしていた。手伝わされている父が、何か大声で笑ったり文句を言ったりしている声が、眠る私のベッドの中までよく聞こえてきた。今、起きたらきっと私も庭を手伝わされ、これ幸いと父がどこかに逃げ出してしまうのは目に見えているわ……と思いながら私はまだ、うとうとしていた。

改築が終わり、新しくなった我が家に越してきてもう1週間になろうとしていた。まだどこかぴんと来なくて、朝目覚めた瞬間に見慣れない天井が目に飛び込んで来るとどきりとした。家中がまだいつも新しい塗料や白木の匂いに満ちていて、かすかによそよそしい感じがした。そして私は越してからずっと、どこか憂鬱《ゆううつ》だった。何かが自分の中で変わりはじめている、何かを思い出せそうになっている。……その気分がどうやっても頭から抜けなくなっていたからだ。

私にはなぜか、幼児期の記憶が全然なかった。私の心にも、アルバムにも、全然だ。

それは確かに異常なことだった。でも日常に溶けてしまう程度の異常さだから、たいていの人は未来に向かっているからいつしか考えることもなくなっていた。

私には父と、母と、年子の弟の哲生《てつお》がいる。私の家族のあり方は、スピルバーグの映画に出てくる幸福な中流家庭のような明るい世界だ。父は企業内で医者をやっていて、看護婦だった母にめぐり合い、結婚した。家の中にはいつも節度のある陽気さが満ち、テーブルには花が絶えず、手作りのジャムや漬物や、アイロンのかかった衣類や、ゴルフセットや、上等の酒があった。じっとしていられないまめな母が常に楽しげに家の中を整え、私と哲生を育ててきた。そして健康な心でそれを誠実に守ってきた父がいた。私はずっと、ただ幸福な娘で、それなのにどうしてか時折、無性に思ったのだ。

「私は子供時代の記憶というだけでなく、重大な何かを忘れてしまっているんだ。」

夕食を食べながら、TVを見ながら、よく、ふいに幼い頃の話になることがあった。私と哲生両方の、楽しい思い出話……初めて動物園でライオンを見た時のこと、ころんで唇を切りたくさん血が出て泣いたこと、私が哲生を泣かせてばかりいたこと……父と母の口調はよどみなく、笑顔には一点の曇りもなく、私は哲生といっしょに大笑いしながらそれを聞く。でも、心の中で何かがちかちか光る。何かが欠けている、まだ何かがある、そう思う。それは私の全くの思い込みなのかもしれなかった。幼い頃の記憶なんて、たいがいの人がごく普通に忘れ去ってしまうものだ。それでも——月がとても明るく光る夜なんかに外にいると、いてもたってもいられなくなることがあった。遠い空を仰いで風に吹かれていると、とてつもなくなつかしいことを思い出せそうになった。それは確かにそこにあるのに、もっと考えようとするといつの間にか姿を消してしまう。ずっと、そうだった。そしてこの疑問は、改築のためにしばらく住んだ借家で起こったちょっとした事件の後、ますます強く胸をしめつけていた……。

「弥生！　起きろ、もう昼になるぞ。」

階下から父の声がして、仕方なく私はベッドから起き上がって階段を降りていった。父は玄関のたたきでサンダルをスニーカーにはき替えていた。

「何よ、自分が逃げ出したいものだから、交代要員を無理やり起こしたのね。」

私は言った。

「無理やりも何も、もう昼だよ。俺《おれ》はもう、ひと仕事手伝わされたんだぞ。後は頼む。」

父は笑った。前髪をおろしているせいか、日曜日の彼はいつも若く見えた。

「散歩？」

「うん、ちょっと逃げ出してくる。」

と言って父は出て行った。最近、彼は散歩が大好きで、お供にするための小犬をもうじきもらうことになっていた。何とかいう外国の、育つと巨大になる犬らしい。家中でそれを楽しみにしていた。

居間に通じるドアを開け、庭に面している大きな窓の前に立つと、ガラス越しに庭の奥の方で、母が軍手をはめて熱心に庭木の植えかえをしている姿が見えた。

私は冷蔵庫から牛乳を出し、レンジでパンを温めて遅い朝食を取りはじめた。寝すぎで頭がぼんやりしていた。台所の板の間では、哲生が真剣な顔をしてのこぎりで板を切っていた。

「うるさいなあ、何やってんの。」

パンをかじりながら、私は哲生に近づいていった。新聞紙を広げた上に板を何枚も重ね、そばにはペンキの缶を置き、ぎこぎこと板を切っていた。

「犬小屋、作ってんだ。」

と哲生は言い、足元にある木の粉にまみれた図面をあごで指した。

「もらうのって、小犬じゃないの？」

図面を拾い上げ、その小屋のサイズの大きさにびっくりして私は言った。

「そのうち大きくなるって、そのくらいに。」

と哲生は言い、また、木を切ることに熱中しはじめた。

「大は小をかねるって言うしね。」

私が笑うと、

「頭いいな、弥生。」

と彼は顔も上げずに笑って言った。陽射《ひざ》しに照らされた哲生の手元を、かがんでしばらく見ていた。

私はこの弟を本当に大好きだった。もっとも、彼を嫌いになれる人はそんなにはいない。哲生はそういう子だった。私達はずっと、男女の姉弟としては信じられないくらい、仲良く育った。私は彼をかなりずさんに扱ってきたが、心の底ではその物事に対する無垢《むく》な熱心さを尊敬していた。彼は生まれつき、自分の内面の弱さを人にさらさないだけの強さや明るさを持っていて、何にでも怖《おそ》れを知らずにまっすぐぶつかってゆくことができた。今は高3で受験生だが、誰も心配なんかしていなかった。楽しそうに問題集を山ほど買ってきて、片っぱしからゲームのように解いてゆく彼にとって、自分の学力にきちんと合った大学にパスすることは、あたり前のように見えた。悩んでいるひまに手を動かせるこの子が、ずっと、うらやましかった。彼には単純でバカな部分もあったが、特別な少年だった。親も親類も口をそろえて言う。もしも人に、もともとの魂が美しいということがあるなら、人としての品格が高いということがあるなら、それは哲生だね、と。

「弥生、ちょっとメジャー取って。」

哲生が言った。

「はいはい。」

新聞紙の山の下から、メジャーを捜して渡した。

「何、おまえまだ失恋の痛手から立ち直れないの。日曜日に家でごろごろして。」

哲生が言った。そう言えば、哲生の友達で一方的に私を見そめた男の子と別れて間もなかった。

「違うわよ。単にごろごろしてただけ。もう、すっかり忘れたわよ。」

メジャーのはしを押さえてやりながら私は言った。

「ふうん……。」哲生はマジックで板にしるしをつけながら言った。「まあ、あいつが引っ越しちゃったっていうのはしょうがないよな、つきあいようがない。」

「そうよ、九州だもの。」

私は言った。彼にはくわしく話していなかったが、2、3回会っただけでそれほどきちんと好きでつきあっていたわけではないからそんなに気になっていない別れだったのに、自分の友達だから悪かった、と哲生はしきりに気にした。彼のそういう思いやりを感じて、午後の光の中で、私はふいにとても幸福な気持ちになった。ちょっとずるいような、そこが甘いような、妙な幸福さだった。ずっと黙っていてずっとなぐさめてもらおうと思った。

「哲生、あんたそういうのが上手ね。」

「何。」

「犬小屋作り。私、犬小屋の図面なんて絶対に書けないわ。想像もつかない。」

「犬が来ちゃうとなれば、なんとか作れるもんだよ、こうして。そうでもなければ面倒くさくて考えつきもしないよ。」

哲生は並ぶ板を指した。

「それもそうね。」

哲生がのこぎりを引きはじめ、そのものすごい音に声が消えた。私は立ち上がり、サンダルをつっかけて庭に出た。

「弥生、手伝って。」

私を見るなり母は言った。芝はきちんと整えられ、降り注ぐ陽射しを呼吸していた。母は大きな鉢から植木を庭に移すための穴を掘っていた。

「はい、はい。」

と私は言い、母のそばへ行った。母は汗をぬぐって笑い、

「犬小屋置くっていうから、庭木も全部配置替えしているのよ。」

と言った。

「家が新しくなると、庭も新しく見えるわね。」

と私は言った。

それほど強くない、透明な陽が、新しい家屋の塗り替えられたベージュの壁を照らし出していた。母が手を入れてゆくと、庭の木々もまるで魔法のように場所を得て息づき始めるようだった。鉢から取り出した木の根からていねいに土を払って、手も顔も泥だらけになって働く母の白いほほが明るかった。私は雑草を抜きながら、遠く家の中で犬小屋を作っている哲生をガラス越しに見ていた。すごい真剣さで作ってるなあ、と私は思った。

「あの子、朝の7時からああやって小屋作っているのよ。」

と、そんな私を見て母が言った。

「まだ犬もいないのにねえ。」

と私が笑うと、

「確かに来てからじゃ遅いけどねえ。」

と母も笑った。庭から2人が眺めているのも知らずに、哲生は熱心に木を切り、釘《くぎ》を打っていた。音が聞こえてこない分、それは絵のような良い光景で、私と母はしばらく新しい匂いのする芝生に立って彼を見ていた。

「何だか変なお天気ねえ、晴れてるんだか曇っているんだか。」

空を見上げて母は言った。確かにその午後の空は不思議な色をしていた。光る雲が幾層にも重なり、降りそそぐ黄金色《こがねいろ》の光が時折さあっと翳《かげ》り、芝生を暗い緑に見せた。

「梅雨《つゆ》だからね。」

と言って私は作業に戻った。家を空けていた間にはびこった雑草が、果てしなくあった。そういう単純作業には人間、熱中するものだ。やがて、明るい手元に突然、ぱらぱらと雨が落ちてきた。

「あらあら、お父さんかさも持たずに出たけど、大丈夫かしら。」

少し向こうで植え替えを続けていた母が立ち上がった。光の中に降り注ぐ大粒の雨が、母の表情をとても不安げに見せた。

「すぐ止《や》むわよ。」

私は言った。

「ちょっとこっちへ来て雨やどりしなさい、濡れちゃうわよ。」

母は低く繁《しげ》った木の下にしゃがんで、私を手まねきした。確かに雨は激しくなり始め、にわかに空もどんより暗い灰色に覆われてきた。私は母のとなりに走った。まるで夕立のように地面を染める雨から隠れて、緑の葉の下にかがんだ。哲生が家の中でびっくりしたように顔を上げて空を見ると、私達にちょっと手を振った。

「あーあ、髪の毛がびしゃびしゃ。」

私が言うと、

「弥生。ちょっとききたいことがあるんだけど……。」

と母が横顔のまま私の名をしっかり呼んだ。

何だろう、と私は母を見た。母は少しとまどったような目をして私を見つめた。ひとり何か心配ごとを抱えている時の顔だった。哲生に初めて彼女ができた時も、私に初めて生理が来た時も、父が過労で倒れた時も、母はこういう表情で私の名を呼んだ。その度に私はいつでも、何も隠しごとのできないような、妙に心細い気持ちになった。音もなく続いてきた家族の歴史に吸い込まれるような心地で、私は母の次の言葉を待った。

「弥生、あっちの家にいた時、何か変わったことはなかった？」

母は言った。

「あっちの家って、この間までいた借家のこと？」私はどきっとして言った。「別に、何もないわよ。」

「うそよ。ずっとあなた、様子が変で沈んでばかりいたし、こっちに越してきてもずっと元気がないわ、それにあの夜……、あなた、お風呂《ふろ》で大声出していたじゃない？」

「あれは、なめくじがお湯に浮いてて……。」

私はごまかそうとしたが、その先がどうしてもうまく続かなかった。

「うそをおっしゃい、あなたがなめくじなんて怖がるもんですか。あれ以来よ、あなたがおかしいのは。いったい、何だったの？」

母はきっぱり言った。空は雲に覆われ、光と灰色の不思議なまだら模様になって雨を降らせていた。芝が濡れてだんだんと濃い緑色に染まっていった。

「うん、実はね、私。」私は思い切って言った。「幽霊を見たの。」

「幽霊？」

母は変な表情で私を見た。

「うん、そう、幽霊みたいなもの。」

私は言った。

……家を改築している期間、私達はとなり町の駅に近い路地の、とりこわし寸前のぼろぼろの家に住んでいた。もとはといえば春先に哲生の部屋の雨もりがひどく、受験勉強に差しつかえるということで、屋根を直す話がついでにいつの間にか全面改築に発展していってしまったので、とり急ぎ捜したらそんな物件しかなかったのだ。2カ月やそこらのことだから何でもいいや、とあわてて4人で移り住んだ。

しかし、それにしてもそこはすごい家だった。平屋で、3部屋と台所しかない。そして、風呂場が家のど真ん中にあるのだ。多分、奥の部屋を後からつぎ足したのだろうが、おかしな造りだった。奥の部屋からは風呂を通らないとどこにも行けない。しかもその風呂場全体がすでにアンティークになっていて、古びたタイルは色落ちしたり欠けたりしていた。すきまがあって外から風がひゅうひゅう入ってくるし、何よりも水がもるのだ。どんどんお湯が減ってゆくので、一家4人が連続して入らないと湯舟が空になってしまう。まあ、そういう不便な生活もけっこう新鮮だった。かえって家族のきずなが強くなるようなところがあり、みんな案外楽しんでいた。

☆

その日、私は件《くだん》の「水もれ風呂」に入っていた。5月のひんやりした夜だった。

夜の9時すぎだったと思う。細く開けた窓から初夏の香りがする夜風が入ってきていた。私はしんと湯舟に入ってぼんやりしていた。耳元にはまるで美しい庭に流れている水音のような、ちょろちょろいう澄んだ音が聞こえていた。何のことはない、タイルのひびから少しずつお湯がもれて出ていってしまう音であった。それにもうすっかりなじんで、心地良い音に聞こえた。

しかもこの風呂場は外に通じる大きなすきまがあるらしくて、よくアリだのカタツムリだのが歩いたり、湯舟で煮えていた。はじめは気持ちが悪くてそれこそ叫びたいくらいいやだったが、それもなれた。

裸電球の明かりの下で、暗くくすんだタイルのモザイクをぼんやり見ていた。湯気の中で私は突然何かが思い出せそうな気がしてきた。

こういう気持ちを、こういう言い方をすれば、誰もが知っているように思う。

ふいに胸の内側がざわざわする感じ。何かが、わかりそうな気配。そして何かを見つけることができそうな予感……自分の何もかもをくつがえすような出来事がやってくるような、少し恐ろしくて奇妙にわくわくして、どこかもの哀しい気持ち……どうしてこの気持ちになると私の頭の中はいっきょに、

〝昔のことが思い出せそうな〟

という描写でいっぱいになるのだろうか。

他の人もこうやって、忘れていることを思い出せそうな気がするのだろうか——そんなことを、じっと考えていた湯の中で、背中にとん、と何かがあたった。何か固いもの、水に浮かんでいる何か大きなもの。

「?」と思った私が振り向くと、そこには何もなく、ただ澄んだお湯がゆれているだけだった。そして耳をすませると変わらずに、ちょろちょろという流れの音が響いていた。何だったんだろう……と思ってまた前を向いた時、たまらなくいやな気分になっていた。今すぐここを去りたいと強く体中が反応して熱いのに鳥肌がたった。身動きができないほど無防備なむきだしの私の、頭のしんが低い音で恐怖をうったえていた。

立ち上がろうとしたその時、私のこわばった背中にもういちど、とん、と何かがあたった。

もういちどそっと振り向いたら、それは今度はそこにそのまま存在した。

それはアヒルのおもちゃだった。

赤い体に黄色いくちばしをした、風呂やプールに浮かべて遊ぶ、塩化ビニールのあれである。

私は自分の目を疑った。もともとなかったものがどうして突然あるのか、さっぱりわからず、考えれば考えるほど底の方から気味悪さが込みあげてきて、私はざばっと立ち上がり、「きゃあ。」と叫んで、あわてて湯舟から出た。すべてがちょうど金しばりからとけたようなおかしな速度だった。台所にいた母が私の声を聞き、

「どうしたの！」

と戸をがらっと開けた。息をついて私がもういちど湯舟の中を見ると、

——そこには何もなかった。

ただ、熱いお湯が揺れて波立ち、水のもれるちょろちょろいう音が続いているだけだった……。

何でもないわ、と母に言い風呂を出ると、私はすぐに部屋に戻ってベッドに入ってしまった。胸がまだどきどきしていた。

やがて訪れた浅い眠りの中で、私は夢ではないような奇妙な感触の、異様な夢を見た。

その夢の中で私は他人になって赤ん坊を殺していた。ああ、今もはっきりとあの、いやな感じを思い出すことができる。それはあくまで断片だったが、現実の匂いがした。

真夏の真昼、暑くまぶしい陽射しの入ってくるあの風呂場に私は立っていた。窓ガラスもタイルも、私の知っている状態よりも新品に見えた。私はスリッパをはいていて、そのスリッパには全く見覚えがなかった。チェックの、いやらしい配色をしていた。すのこにそのスリッパがぺたぺた触れる感じが、ぞっとするほどリアルだった。私は首すじに冷たい汗をたくさんかいていて、今までしたことのないショートカットだった。そして泣きわめく赤ん坊をこの両手で水風呂の浴槽に夢中で沈めていたのだ。

その重み、弱い抵抗、こちらを見上げる目。私は一生忘れられないだろう。口が乾き、目まいがした。陽がぎらぎらと射し、低い水音が響いていた。そして、気づいた。足元に置いてある小さな洗面器の中、陽にさらされててかてか光る、アヒルのおもちゃがあった——そこで、目が覚めた。

☆

――私は母に初めてその体験をすべて語った。その出来事に私はずっと口をつぐんでいたのだ。天気雨は続き、空を見上げる度に目がちかちかした。話している最中も、自分では何か上すべりな気がした。本当のこととは思えないし、自分でもできれば忘れたかった。

「でも、本当にそれは、夢に過ぎないっていうことはないの？　事実っていう気がする？」

母は真顔で言った。昔から、どんな時でも子供の話をきちんと聞いてくれる人だった。

「うん、だって私、調べたもの。」

私は言った。自分でもこわいくらい落ち着いた声だった。

「大家さんの所に行って話を聞いたの。それから図書館に行って新聞のコピーを撮《と》ったわ。確かにあったの、そういう事件があの家で。若いホステスが夫に逃げられて、少し頭が変になって赤ん坊を殺しちゃったんですって。日付は夢の中と同じ夏よ、8月だったわ。」

「……そう。」

母は思案にくれた表情で黙った。

私はたずねた。

「お母さん、私、子供の頃、よくそういうものを見る子だったの？」

「どうして。」

間髪入れずに母が問い返した。見ると、母の瞳は胸が痛むほど曇っていた。

「そんな気がするのよ。」

あまりするべきではない会話だった。そのことはわかっていた。淋しい夜の中の綱渡りのようだ。暗闇《くらやみ》の中、白いロープと自分の足しか見えない。心細いが、もう前へ進むほかない。

私はただ、足元の芝をじっと見つめていた。

「……あなたはねえ、ひどく敏感な子供だったのよ。当時私はよく、その手の本を読んだわ。ＥＳＰとか、予知とか、そういうことをね。お父さんはそういうことをあまり信じない人だからほとんど取り合わなかったけれどね。うんと小さな頃、あなたはね、電話が鳴る度にかけてきた人の名を言うの。知らない人のことまで『山本さんっていう人みたい』とか『お父さんの会社の人』っていう具合にね。それがほとんど命中してねえ。それから、昔その場所でおこったことをなぜか感じるの。よく覚えているのは、七里《しちり》ヶ浜《はま》に行った時にね、『ここで昔の人達が戦争をやったよ』って言うのよ、ぎょっとしたわ。それから、事故現場や、飛び込みのあったふみきりなんかにも、何も教えてないのにこわがって近寄らなかった。すごいでしょう？　おぼえていないんでしょうけどね。……それから、お父さんと私が夜中に大げんかしたりするでしょう。あなたは2階でぐっすり眠っていて全くそのことを知らずにいて、朝食の時もにこにこ笑っているのに後で親の部屋に入ったとたんに、『お父さんとお母さん、けんかしてるの？』って言ったりね。あまりそういうことばかりなので、けっこうあちこちの病院で見てもらったり、いろいろなえらい先生に会って意見を聞いたりしたんだけれど、年と共にじょじょになくなったと言うわけなのね。」

「そうだったの。」そんなこと、何も覚えていなかった。

「そう、あの頃のあなたははた目で見ていてもひどく大変そうだったわ。それにしてもね、人よりも多くのものをいっぺんに知覚してしまうということも、まあ、子供の時分にならば何とかできるものかもしれないわよね。子供っていうのは多かれ少なかれそういうものだからね。ただ、いくらそれもひとつの才能とはいえ、私もお父さんもあなたを、ほら、いるじゃない。ああいう人達、TVに出るような予知のクロワゼットさんとか、スプーン曲げの少年みたいに育てたくなかった。ごく普通の平和な人生を歩んでほしかったの。それにね、子供の頃のように自由でない精神に、もしその能力が残っていたら、もし大人になってもそうした力が自分の意志に反してどこでも発揮されてしまうとしたら、その人は自己コントロールに大変な時間を費やすか、あらゆる意味で病院行きになるか、どっちかしかないでしょう。わかる？　私達はそのことを心配してたくさん話し合ったわ。昔ね。」

「……うん、よくわかるわ。」私は言った。「でもそれは昔のことで、私にとっては重要じゃない。問題は私がまた何かのきっかけで過敏になっているということだと思う。何だかわからないけど、それがもし殺人現場に残った思念みたいなものに刺激されてのことだったならば、もう起こりえないわ。」

「そう言われてみれば、本当にそうね。」母はやっと安心した微笑みを見せた。「それならいいの、もう家も新しいんだし、忘れましょう。」

「うん、そう思う。」

私は心からうなずいたが、自分であまりにも自分を把握していない部分が多いことにあらためてショックを受けていた。あまりにも覚えていなさすぎる。隠された領域が多すぎる。雨は止み、すぐにいちめんに陽が射して、うそのように庭中が明るくなった。そして私達は庭いじりを再開した。

その天気雨の午後は大きな境目だった、と今でははっきりとわかる。あの日、日曜日、家族はみな普通に家にいて、それぞれのことをしていた。とてもありふれたやさしい１日だった。

それでももう、その大きな流れを止められなかった。私がその1日を愛《いとお》しく思う気持ちとはうらはらに、その時私は自分の頭の内側に突如、あるヴィジョンが横切ってゆくのをはっきり見てしまったのだ。それはまるで8ミリの古ぼけたフィルムがかたかた回るように遠く、しかしとてもかけがえのないものとして切なく胸にせまりながら私の驚きなどおかまいなしに次々に流れていった。

そのひとつは手だった。年をとった女の人の手がはさみを持ち、花を活けている。その手は母の手ではなかった。エメラルドの入った指輪をしている。細い女性の手だった。

もうひとつは、ゆっくりと楽しそうに歩く夫婦の後姿。女性の方は、前に見た手の持ち主に違いなかった。

目の前の現実とは全く別のところでそれらの光景ははっきりと流れ続けた。私は次々に消え去るそれらを少しでも心に留《とど》めようと息をつめた。それはまるでいちばん好きな景色を通りすぎるときの車窓のように目にしみてあっという間で感じられた。そしてその中でいちばん長く、印象的だったのは「姉」の場面だった。

その女の子はまだ小さく、髪を2つに分けていた。妙に大人びた顔立ちで窓を見上げていた。緑の色が深い池のほとり、敷石の灰色によく映える赤いサンダルをはいて、眉《まゆ》をひそめて私の名を呼んだ。

「弥生。」

甘い声だった。生あたたかい風が吹いて、彼女の髪をゆらした。なつかしい横顔は立ちつくしたままずっときびしい瞳で曇った空を見上げていた。彼方《かなた》の雲が風に吹かれてどんどん流れてゆくのを私も見ていた。

「弥生、台風が来るんだって。」

と、彼女は言った。そして私ははっきりと、誰だかわからない幼い彼女のことを「姉だ」とその時思っていたのだ。私は答えず、ただうなずいてみせた。彼女は私の方を見つめて、少し微笑んで告げた。

「今夜は窓のところにふとんを並べて、いっしょに嵐《あらし》を見ようね。」

☆

数日後の夜のことだ。私はよく冷やした日本酒のいい奴《やつ》をちょっとずつ、ちょっとずつ飲みながら気持ちよくベランダにすわっていた。梅雨の晴れ間で、星がたくさん見えた。

私の新しい部屋には、わずかな空間だったがベランダがついたので、そのことだけはかなり嬉しく思っていた。夏であろうと、冬であろうと、私は野外が大好きなのだ。

しかし、あまりのせまさに私は「ぎっしり」すわっているかっこうになっていた。自分を固定するために窓をきっちり閉め、両足をエアコンの装置に乗せ、コンクリの壁にきつくもたれて、身動きひとつできない苦しい感じで高い柵の向こうの星空を見ていた。冷んやりした風がほほに心地良かった。私は爪の先まで6月の甘い冷気の底に沈み込んでいった。呼吸する空気は、そのままうっとりと眠ってしまいそうに澄んでいた。星はひとつひとつ、ちかちかとまたたいていた。

私は迷っていた。

　私は昔からよく家出をした。集中して考えごとをしたい時、家にいたくなくなるのだ。夕食や朝のあいさつや家族の気配のない所に行くだけで気が休まる。

　しかし自分でも知っていたのは、それが子供の遊びのようなものだと言うことで、なぜなら、目先を変えてゆっくり考えごとをしておそるおそる家に帰れば、両親がはじめはむっと怒っていても、やがて笑ってくれることをいつでも知っていたからだ。ほんとうに、家出とは、帰るところのある人がするものなのだ……と、今回初めて、胸の底からしみじみと思った。

　今回は、何だか、違う気がした。何度もためらった。旅行用のボストンバッグに荷物をつめる手を何度も止めた。今度はもう、戻ってきてもすべてを取り戻すことはできないだろう、この家出は何か大きいことにつながっている。

　それは確信だった。

　家は確かにここにあり、いつものように何日か家を空けて帰ってきてみれば、表面的には何もかももと通りだろう。ただ、なぜかそう思った。思う度に父の大きな背中や、母の笑顔がきりきりと胸に響いて突きささり、つめかけた荷物を前に考え込んでしまうのだった。

　哲生は、もっとつらい存在だった。

　明るい瞳で、無邪気な態度で彼が目の前に来る度に、これをひとかけらも失いたくない、欠きたくないという強い気持ちが湧《わ》きあがってきた。

その時、ガラスの向こうで、私の部屋のドアをノックしている音が聞こえた。私は立ち上がろうともがいたが、酔っているのとせまいのとで身動きがとれず、面倒くさいから、

「はーい、どうぞ。」

と叫んだ。自分も部屋の外にいるのにどうぞもないものだが、まるで映画のように遠くに感じられる部屋の中に、ガチャリと勢いよくドアを開けてまっすぐ哲生が入って来た。彼はつかつかと私のところへやってきて言った。

「おまえ何をやってんだ？　あおむけのまま太って水槽いっぱいになってしまったオオサンショウウオのようだよ。」

ガラス越しに声がくぐもって響いた。哲生は霜ふりのグレーのTシャツにジーンズをはいて、はだしで私の部屋の中に立っていた。片手にはいつものように例の薄い問題集を持ち、まっすぐな背すじと、いつもそうであるこわいくらい澄んだ目をしてこちらを見ていた。

……私にはよそに、血のつながった肉親がいる。

どう考えても、そんなことは信じられなかった。ありえないことだった。しかしありえないということなら、子供時代の記憶があいまいなままだということだって同じくらいおかしいのだ。そして何よりいつものように心の奥底がしっかりと光って「真実」を訴えていた。

こういうカンははずれない。はずれてほしくたって、はずれないのだ。

だから、宙に浮いているような心もとない気分だった。

哲生に救ってほしかった。そのまっすぐな瞳や、確信に満ちた言い方で「そんなことはどうでもいいことだ、忘れてしまえ。」と言ってほしかった。そうして、本当に忘れてしまってすっきりできたら最高なのにと思った。でも、そんなことは言わなかった。代わりに私は部屋への窓を片手でがらがらと開けた。夜のガラスが切なくさせるのだ、開けてしまえ、と思ったのだ。

「何？」

私はすわったままで言った。

「いや、ガムテープ弥生の部屋にあったろ？　借りに来たんだ。」

哲生は言った。

「机の上に載っているわ。」

「何でそんなかっこうのままでいるの？」

「何だか外が気持ちよくて。」

「ベランダが嬉しいんだな。」

哲生は、ははは、と笑った。彼の声は闇によく通り、まるで光る道のように鮮やかに夜空を満たすように思えた。聞いていて安心するトーンの声だった。それは哲生が私をとても好きだからだろう、と私は思う。かんたんなことだ。私も哲生をとても好きだからだろう。

「ねえ哲生、夜ってきれいだね。」

と酔った私は、本当に言いたいいろんなことの代わりに、ふざけた調子でそう言った。

何言ってんだこいつ、と言うのではなくて、哲生は真顔で言い、ガムテープをつかんで部屋を出ていった。

「夜は、空気が澄んでいるからね。」

私の胸にその言葉は、甘い余韻を残してゆっくりとしみていった。


昔から、哲生はよく夜、呼び出された。

それは女の子からである時もあったし、男友達からの時もあった。彼は友達が多いのだ。電話がかかってきて哲生が出ていってしまうと、私は突如家の中を淋しく感じた。それは、心のどこか一部分だけが「待つ」淋しさだった。哲生の長い手足や、足音や、後姿、そういうちょっとした風景が家の中にないと、つまらなかった。普通に笑ったり、電話をかけたり、TVを見ていても不思議と心は玄関に向いているのだ。ことに何か悲しい事があった日など、真夜中に1人ベッドの中で寝つかれずにいると、哲生が帰ってきてドアを開け、階段を上ってくる音が響くと、私は安堵《あんど》した。部屋から出ておかえりと言うでもなく、私は哲生のたてる物音を子守歌のように頼もしく感じて眠りについた。

　私は自分がどうしてこんなに淋しがり屋なのか、きちんと考えたことはなかったが、夜ひとりでいると、時折ものすごい、郷愁としかいいようのない淋しさにかられることがあった。そして、哲生だけが確かにそれを埋めてくれる存在だった。哲生が近くにいる時は、とりあえずどんなに悲しくなっても、危うくなることはなかった。しかし時折そうして、何かを本当に思い出しそうになる度、私は危うくなることがあった。まるで遠くから来た旅人のように、また今いる場所にずっといられるような安心を感じることができなくなった。

　あの夜、哲生にかかってきたのは悪い電話だった。受話器を取ったのは私で、相手は聞き覚えのない男の声だった。ははあ、これは呼び出しね、と私は思った。彼の通う学校はやたらと不良やもめごとが多いことで近所でも有名だった。

　しかしまあ、それは姉の口出しするような類《たぐい》のことではなかった。階段の上の部屋にいる哲生に向かって私は大声で「電話よ。」と叫び、ドアを開けて哲生が出てきた。そうそれは、とん、とんと足音を響かせて彼が階段を降りてくるほんの数秒の間のことだったが、そのきょとんとした瞳を見上げて、私は哲生を行かせたくなくなった。本人を見るまでは全くない感情だった。受話器を渡して、その明るい瞳を曇らせたくなかった。その気持ちの強さと言ったらまぶしいほどで、一瞬自分がばらばらにこわれてしまうかと思ったくらいだ。黙って受話器を渡した後、私は2階に上がって自分の部屋へ入ってしまった。しばらくして、哲生が外へ出てゆくドアの音が聞こえた。

私の胸の内だけが変だった。

それまで私は哲生が外泊しようが、大ケガしようが、通りいっぺんの心配しかできなかったが、その夜のあの、初夏の澄んだ闇の中で、私は初めて腹の底から彼を心配した。あの時、窓から見上げた月のかたち、夜の匂い。何よりも受話器を渡して、彼が私の瞳を見た時、2人の間に通じ合ったものが、かつてないものだった。それはほんの一瞬のことだったのに、胸に妙になまなましい残像を残してしまったのだった。

私は部屋で哲生の帰りを待っていた。固い響きの時計の音が、冷たく時を刻むのをずっと耳の底で意識して聞いていた。はじめ、そしらぬふりをして読んでいたマンガも、時間つぶしにやっていた宿題もしまいには全く手につかなくなってしまい、そのうち窓辺に立った私は、暗い窓の外を見降ろして、ただ、門を入ってくる哲生を待っていた。

その成り行きを私はうまく説明できない。

私は哲生の行く先を全然知らず、家に通じている帰り道は3本あった。気がつくと私は当然のことのように、着替えて玄関のドアを開けていたのだ。夜風は透けるように街中を通り抜け、激しい風の音が遠くで鳴っていた。庭木のシルエットがざわざわ乱れ、その向こうにまだ父母が起きている窓明かりが見えた。私は気にせず、ただ暗い夜のアスファルトに1歩を踏み出した。私はただ捜した。いくつもの角を曲がり、だんだん息が切れてきて、頭の片すみに残っていた冷静な、

「どうして私は弟のために、夜を走っているんだろう。」

という気持ちが闇に消えてゆくのがわかった。後にはただ迷子になった幼児のように、会いたいものを求めてさまよう必死な想《おも》いが残った。まるで恋のようだ、と見なれた街角をくりかえし越えながら私は思った。

家からかなり離れた路地の角でばったり哲生に出会った瞬間、その恋はいったん終わった。

「ああ、哲生。」

と、どこから来たのか、平然とした姉の声がしゃべったからだった。

「何だ、おまえ、散歩か？」

びっくりした顔で言った哲生には目立った外傷はなく、私はほっとした。

「ケンカしたんでしょ。」

私は笑った。

「何で知ってんだ。」と彼は笑った。「ろくでもない話だよ、よくあることだよ。」

「天才はねたまれるものよ。」

私は言った。並んで家路をたどり、歩いていった。

「腹が減ったな。あと味悪いから何か食いに行こうぜ。」

哲生が言った。

「どこでケンカしたの？」

「神社。でも、ケンカに至らなかったけどな。俗に言う〝先輩〟って奴が何人かいたけど、下らないこと言ってるから押しのけて帰ってきた。それだけ。」

「そう。」

高校生になった哲生がどういう日々を過ごしているのかを、私は知らなかった。新鮮な感じがした。話しながら、ゆっくりと静かに2人は歩いた。まるで、夜の底を歩いているように。

駅前のマクドナルドに入ってみたものの、私はサイフを持っていないことに気づいて、哲生が全部払った。そして、2人でいろんなものを頼み、思い切り食べた。何だか異様に楽しくて、いつまでもそうして遊んでいたくなった。

店を出て哲生が笑いながら言った。

「なんで俺、いやな目にあった上に人におごらなきゃいけないの。ふんだりけったりだ。」

「家に帰ったら、払うわよ。」

私も笑った。

「でも満腹になったら、あと味の悪いのが消えた。」哲生は空を見上げてそう言い、

「よかったわね。」

と私が言った。同じ家に帰ってゆくことをとても甘く感じた。遠くを渡ってゆく風に、触れることができそうなくらいに、視界がはっきりしていた。駅前にはもう人はまばらで、祭りのあとのように、ところどころの店の明かりが夜をふちどっていた。

子供の頃から何か大きなことがおこる度、例えば家族で植えた木が台風でみんな根こそぎやられた時とか、身内が死んだ時とか、そういう時に2人が分かちあったものによく似ている何かをその時、私達は何となく共有していた。

「何か、今日って夜がすごくきれいじゃないか？　明かりの感じとかさ、いつもと違わない？」

ふいに哲生が言った。私もそう思いながら歩いていた。空は真に黒く、外気はまるでよく磨き込まれた鏡のように街を映していた。

「うん、そう思うわ。」と、あの時確かに私は言った。「きっと、空気が澄んでいるからよ、

今夜は。」

哲生が部屋を出てゆき、ドアがばたん、と閉まった瞬間、まるで化学反応みたいにきっちりと不安がこみあげてきた。ベランダから立ち上がり、追いかけていって哲生の部屋に行き、話を聞いてほしいと思った。

でも、やっぱりそうしなかった。

私はすわったまま、夜空を見上げていた。

そして、翌日の雨の夜、私は家出を決行した。

☆

おばは「13日の金曜日シリーズ」が大好きで、その夜も近所の貸しビデオ屋からその映画のパートいくつだかを借りてきて、床に寝ころんで熱心に見ていた。

どうしてこんなの好きなの？　とたずねた私に、おばは少し黙りこんだ後に「ずっと同じ人が出てきて淋しくないから。」と言った。私は推理した。それはもしかしてジェイソンさんのことだろうか。そして、おばは淋しいのだろうか。

私達は山ほどのプリンを食べて満ち足りていた。料理なんか絶対にしないくせに、おばはプリンをよく作った。大きなボウルに作って、れんげで食べるのだ。夜に輝く部屋のすみずみまでプリンの甘い香りがしていた。その夜は私が夕食を作ったのだが、メインのディッシュよりもプリンの方が全然大きかった。

おばはバスローブを着て、濡れた髪のままで寝ころんでいた。そして恐怖の場面になるとそうっと起き上がってTVに近づき、山場を終えるとまた床に倒れこんだ。時々、バスタオルでごしごし髪をふいたり、あくびやくしゃみをした。私はソファーから、確かに映画も見ていたが、画面の中の断末魔の叫びとおばのそういう動きのコントラストの方がよっぽど面白かった。

おばの家に来てから、もうずいぶんたっていた。時間は完全にストップし、私は学校に行く他はほとんどその家の中にいた。そうして毎日いっしょにいるうちに、動くおばをよく見ているうちに、その額を出した時の眉《まゆ》のかんじや、きびしい瞳の横顔や、ちょっとした顔の伏せ方がどこか、あの日私が見た過去のヴィジョンの中にいた少女によく似ているのに、私は本気で気づきはじめていた。

〝違う、自分をごまかしても仕方ない。知っていたからここに来た。来たものの、どうしていいかわからなくなった。そういうことだ〟そのことを認めるのに少し時間がかかった。

おばはあまりにも自然で、だからこそ私はどうでもよくなっていた。どんな事情で、何があって今、私達が別々になっているのかはわからなかったが、かすかな響きでふいに訪れるそんな記憶の断片を、少しでも長い間そのままあたためていたかった。

おばと映画とを見ながら、私はそのままソファーでうとうとし始めていた。ここに来てからはよくそんな感じのまま夜明けまで寝入ってしまうことが多かった。この家の中では本当にどこに寝てもいいらしく、寝入ってしまった場所におばがそっと毛布をかけてくれるのだ。

電話が鳴っているのは、眠りの中でも何となく気づいていた。それはゆるやかに鈍い意識の中、遠くの窓で鳴る風鈴のように響いた。少しずつ、ゆっくりと目が覚めていった私は、おばの細い手が「はい。」と受話器をとったのを薄目で見ていた。

……あ、ええ、そう。うん、ずっといるわ。いいの。かまわない。うん。

その電話の相手が母であることがわかった瞬間、私はまた強固に寝たふりに入っていった。おばが私をちらりと見る気配がした。そして、電話は続いた。

ちがう、別にそんなつもりはないの。わかってよ、そんなことではないわ。……いちどくらい、こういう時間があってもいいでしょう。ちゃんと本人が戻りたくなったら、すぐに帰すつもりだわ。もう子供じゃないんだからいいじゃない。そんなバカみたいに心配しなくたって。そんなつもりがあるはずないでしょう。わかっているくせに。

耳元にかすかに届いてくるささやくようなおばの声は、とてもはかなかった。夜の電話はいつも少し淋しい。真実はわかればいつも切ない。夢と現《うつつ》のはざまで、子供のような気持ちでぼんやり聞いていた。

私を育ててくれた父と母のこと、哲生の腕の形、それから、あの、ほんのしばらく思い出した私の本当の、両親。その優しい後姿、しなやかな手。名前も思い出せはしない。すべてが遠い――しばらくの間、母とその不毛なやりとりをくりかえした後で、おばは、ちりん、と受話器を置いた。そして小さなため息をついて、ひとりまた映画の世界へ戻っていった。私はおばが私の眠りを守ってくれようとしたことが妙に嬉しかった。面倒を毛嫌いし、何かに巻き込まれないためにならどこまででも逃げるようなおばが、母からの電話だと言って、たったひとりの妹をゆり起こさなかったことを。


「弥生、お酒を飲もうよ。」

と言っておばが私を起こしていた。ぎょっとして目覚めると、時計は夜中の2時になっていた。私は2時間近くも眠り込んでいた自分にびっくりしながら、

「え？　何？　お酒？」

と寝ぼけた声で言った。おばは不機嫌そうな瞳のまま私を見つめ、

「映画が終わってしまった。まだ全然眠くないし、明日は私、お休みなの。弥生、飲もう。」

と言った。

「はい、はい。」

わけのわからないまま私は起きて、氷を出しに行った。おばは黙々と床底からウイスキーとミネラルウォーターを引っぱり出していた。そのごとり、ごとりとビンを床に置く音すら

楽しかった。こんなに年上のこの人といっしょだと、私は何も怖くない。夜の闇も、宙に浮いたような自分のことも。おかしなものだ、あのあたたかい家の中ではいつも不安だったのに、こんなに生きてゆくことが不確かな暮らしに私は充実感を感じていた。ずっと昔からこんなふうに暮らしているような錯覚が胸に満ちる。これが血というものなのだろうか？

開け放した窓わくに、白いレースのカーテンが揺れ、庭の葉っぱが時折はらりと舞い込んでくる。遠くの車やサイレンの音が、風に乗ってかすかに聞こえてくる。父や母や哲生は今夜も明るい夕餉《ゆうげ》を迎えたのだろうか。そして私がもしも気づかなかったら、おばは一生、こうして私と2人きりになることはなかったのだろうか？

月明かりの中で、そんなことを考えた。

その時、電話が鳴った。

また母だろうか、と、多分おばも同じことを思ったのだろう。まるで電話など鳴っていないかのように知らんぷりをしていた。あまりに堂々と知らんぷりしているので、私はまるで目覚まし時計の夢を見ている暗い夜明けにいるような気分になった。

ベルは10回、20回と本気で鳴り続け、いつまでも静かな部屋の空気を震わせていた。

以前のように誰の電話かまでをあてる力は全く私にはなかった。しかしかすかに伝わってくるものはあった。私は目を閉じてそれをたぐってみた。その向こうにはある種の情熱の影が感じられた。まるで恋のような想いを抱えて彼は受話器を握っている。私はその情熱の面影をよく知っている気がして、瞳を閉じてよく追ってみた。少し冷たくて、まっすぐで、信じることができて……。

「うるさい。」

とおばは言って受話器をついに取った。きっとその男はおばの恋人だろう、と私は察して、こそこそと台所の方へ去ろうとした。するとおばが言った。

「弥生。」

私はびっくりしてふりむいた。おばが受話器を差し出していた。

「あなたよ。」

私は近づいてゆき、おそるおそる受話器を受け取った。そして、

「もしもし。」

と言ってみた。

「もしもし？」

と哲生の声がして、私は彼が何ごとかを察していることを悟った。電話の向こうに思い浮

かべたのは、なぜか、こわい話を聞いた夜に私のとなりに眠りたがった小さな哲生だったからだ。

「哲生？　どうしたの、こんな時刻に。」

「親が寝静まるのを待ってたんだ。……おい、元気か？」

「うん。」

「何でおばさんちにいるんだよ。何かあった？」

「ううん……受験勉強やってる？」

「やってるよ、毎日ね。新しい家におまえがいないとつまらないよ。」

昔から、好きだ嫌いだ、暑い寒い、眠いだのおいしいだのをとにかく無邪気に言う子だった。私が悲しそうにしている時はいつも、全力で親切にしてくれた。

「ありがとう。でも大したことじゃないから。すぐ帰る。」

こういうウソに敏感なのも哲生だった。

「本当か？　元気だせよー。」

その電話は特別な電話で、秘めていたことはすべて言葉の裏側から通じあってしまうような錯覚をした。夜を越えてくるこの声の弟と、このあいだまで自然な感じでいっしょに暮らしていたことが不思議だった。

哲生がなぐさめてくれたので、私は思わずふふ、と笑い、

「だから、元気だってば。」

と言った。なぜかこんなふうに姉として高圧的な態度に出るのが常であった。しかし彼は、私のそういういやらしい照れを包みこんで親切な声で、

「じゃあな、早く戻れよ。」

と言って電話を切った。

受話器をそっと戻し、私は黙っていた。

何も言わずに私を見ていたおばは、しばらくすると言った。

「帰っておいでって？」

「……うん。」

私はうなずいた。

「そう。」

おばは少し悲しそうな顔をして、そう言った。

私は哲生に会いたかった。ここでの暮らしを気に入って楽しんでいる一方、緑を見つめるごとに、梅雨のしめった路地の匂いの中を歩き、グレーの空を見上げるごとに、哲生を想った。考えはいつも同じところで止まる。もし姉弟じゃないなら、もしも。でも私は両親をと

ても好きで、悲しませたくなくて、何かが狭すぎるような、間違っているような気がしてしまい、いつもそこで止まる。そして、ただ優しいこの家の空気にゆっくりと思考が溶けていってしまうのだ……。

「とにかく、飲んでみようか。」

とおばは言った。つまみがないので、プリンの残りと、冷蔵庫に入っていたアメリカン・チェリーでウイスキーを飲むことにした。けっこう気持ちの悪い取り合わせだった。

おばと酒を飲む場面なんて初めてだった。

〝もしかして、飲むといったら飲む人なんじゃないか〟と思った通りに、おばはぐいぐい飲んだ。

「いつも、1人でもそんなに飲むの？」

と私がたずねると、

「うん。」

と言った。彼女はたくさん氷を入れたグラスにウイスキーをどんどん注ぎ込んだ。それを映す床の上の影が、触れ合う氷のかちかちいう音と共にゆっくり満ちてゆくのをくりかえし見ていた。〝この人も決して危うくないわけではないのだ、ひとりきりで、決してここで面白おかしく暮らしているわけではない。そして私が来て、乱されているんだ〟ということがそれを見ていてわかってきた。

「あの子、弥生のこと好きなのね。」

と言って、おばは少し微笑んだ。投げ出した足の、爪の形を見ていた。

「あの子って、哲生？」

私は言った。

「そう、血のつながってない弟。」おばは平然と言った。

もう、隠されているものは何も残っていなかった。その瞬間、ライトが照らす具合や、窓の外の夜の色が、一滴ずつ落ちる貴重な時のしずくと共にとても光って見えた。

今だ、と思った。今しかない。

私は静かにたずねた。

「私達のお父さんとお母さんは、どんな人達だったの？」

おばはすらりと口にした。今までも別に、隠してなんかいなかったみたいに。

「優しい人達だったよ。」横顔の長いまつ毛をゆっくりと伏せて淡々と言った。「私達はみんなで、庭に池のある家に住んでいた。」

「そう。私達は、幸せだったの？」

「異様なくらいにね。」

おばは言った。

「今、あなたがいっしょに暮らしている人達も、それはそれはいい人達だけれど、あそこにはもっと何かちがうものがあった。そう長続きするとは思えないほど幸福な物語みたいな何か……うん、弥生はまだほんとうに小さかったから、記憶があったとしても忘れてしまったかもしれないね。」

おばはおばの顔をそっくり捨てて、姉の顔になっていた。それは、今までのようにどこか目をそらす感じでなく、私をまっすぐに見つめる表情だった。あまりにきちんと向きあっているので、その迫力がこわかった。ほんとうはこういう人だったのだ、と思った。こういう、心の中まで入ってくるような目をした女の人なんだ。

「私の……変な能力のことは覚えてる？」

私は言った。

「うん、そうね。言葉を話すようになるより前から、おかしな子だった。前にそこであったことがわかっちゃうのね。それに両親があまり好きでない人達から電話がかかってきたりすると、火がついたように泣くの。お父さんとお母さんの気持ちがわかるのかしらってみんなで笑ったわ。あなた、けっこう面白かったわよ。一家に一台あると便利……くらいにしか思っていなかったけれど。」

おばは微笑んだ。あんまりにもそれがどうかしたの？　という感じだったので、私はその瞬間ここしばらくの不安だった自分をごく自然に忘れた。それからしばらく、彼女は昔のことを編むための美しい糸をたぐりよせるような遠い瞳で窓の外を見つめていた。遠い空で月が小さく光っていた。そして、何ごとか大変なことのようにすべてをとらえていた私にとって、おばがもう何もかもから離れているのを知ったのはかすかにショックだった。彼女にとってすべてがもうとうに終わってしまったことだった。だから、私まで何もかもを何てことのないように感じられるような気がした。

「おばさん、にも。」今まで通りに私は呼んだ。「そんな変な能力があったの？」

「ないわよ。」

おばはあっさりそう言った。そして細い指でアメリカン・チェリーをいくつかつかんで手の平に載せた。

「お酒のつまみに果物っていけないんだっけ？」

その大粒のチェリーを食べながら、おばは言った。

「そうね、たんぱく質を取らないと。」

「ふふ。」おばは笑った。「そういう言い方、育てのお母さんによく似ているね。幸福に育ったのに、思い出してしまって、それは悲しいことかもしれないね。知ってる？　あの人達も、もちろん死んだおじいちゃんも、私達と何の血のつながりもないのよ。私達の本当の両親ととても仲が良かったというだけで引きとってくれたの。あんな善良な人達、いない。あの、男の子も。」

「哲生？」

「そう。」おばはうなずいた。「いい子じゃない。自分が知っていると思っていることより、ずっとたくさんのことをわかっている子だわ。」

「そうかもしれない。」

私は言った。今はそれどころではなかった。

「ねえ、私まだ本当に何もちゃんと思い出せていないのよ。どうして両親は死んじゃったの？　なんで、私、覚えてないの？」

おばは少し、苦しそうに眉をひそめた表情で言った。

「……家族、最後の旅行になった。」

私は息をつめて耳を澄ませた。おばは語りはじめた。

「青森に行ったのよ。弥生はまだ、本当に小ちゃかった。新しい車をお父さんが運転していて、山道でカーブを切りそこねた。それで対向車に激突したの。私とあなたはバックシートにいて、全部見ていた。お父さんとお母さんが死ぬ場面、ああ、もしかしたらあなたは見ていないかもしれない。私があなたを抱えこんで、2人で血だらけになって車からはい出したの。何もかもがこわれていたわ。頭が痛かった。紅葉がすごく深くてね、目の中に血が入って、全部、赤く見えた。私もすぐに気絶したけれど。ほら、この傷。」

おばは額の生え際のところの傷を見せてくれた。

「お父さんと、お母さんは即死だった。相手のドライバーは無事だった。よかったのよ。他人を巻きこんだら成仏できなくなっちゃうくらいに、お父さんもお母さんもやさしい人達だったの。現実離れしててね。あなたはひどいショックを受けてね、かなり長く入院をしたわ。忘れたのはつまり、そういうことよ。」

おばの口から「お父さん、お母さん。」という単語が出る度に、きゅんとした。

「……ねえ、2人とも、引きとられているんでしょう？」私は言った。「今の両親が、おばさんをどうしてひとり暮らしさせているのか、わからないのよ。」

そうだ、あの人柄の私の両親がいっしょに暮らそうと言わないわけがなかった。

「私が、だだをこねたの。もちろん、あなたのお母さんには何度も、何度も説得されたわ。あたりまえよね、まだ高校生だったのよ。あなたを『姪《めい》』にしてほしいと言ったのも、私。そして、この家を譲ってくれたのはおじいちゃん。」

「どうして？」

「ひとりになりたかったの。面倒くさくて、すべて。あなたはまだ幼くて、やりなおしがきいたから良いのよ。でも私には、あの、風変わりな両親の生活の面影がしみついていた。他の暮らし方ができるとは自分でも思えなかったのよ。今はもう別に、そんな風には思っていないけれどね。」

この人は、時間の止まった古城の中で、失われた王族の夢を抱いて眠る姫だったのだと私は思った。もうこの世にその栄華を知るものはたったひとり、心はいつもそこへ還《かえ》ってゆく。何と高慢な人生なんだろう。病いのように彼女にとりついたその強情なものは何だったんだろう？　私は、自分が彼女に「捨てられた」と思わないように努力していた。そういうことではないんだと思う。しかし、この姉妹の間にできた距離がもう決して埋まらないことを私は知っていた。だからこそ今夜ここは、時間と空間を超えた一場の夢なのだ。

「ごめんなさい、ずっと忘れていて。うらんでる？　淋しかった？」

私は言った。

その時おばは私を見つめ、いつものあの、ゆっくりした速度で淡い笑顔をつくった。この世のすべてが内包されたような、冷たく澄んだ水をいっぱいたたえた湖のような、完全な笑顔だった。

私は許されたと感じた。

「いつかお父さんとお母さんのことを少しずつでも思い出せるといいね。……私達、少し変わった家族だったけれど、幸福だったのよ。夢のように。」おばは言った。

「お父さんは学者で、奇人だったの。だから家の中には決まりきった日常というものがまるでなかった。気が向けば全員でドレスアップして食事に出かけたし、雨が続いたりするとお母さんが買物に行かなくなって、みんなで1つのパンをかじった。嵐が来たり、すごい雪の夜は、4人で窓辺に集まって、空を見ながら眠ったのよ。……旅行も、あちこち行った。いつも思いつきで出発して、よく野宿をしたわ。1カ月も山奥で暮らしたこともある。あなたの能力を面白がって、トランプの柄を当てさせる遊びもはやったわ。ほめてあげると、よく嬉しそうにしたね、小ちゃかったのに。うん、ムーミン谷の暮らしに似ていたかもしれない。まるで、いつも白夜のような毎日。果てがなく、それぞれの内だけに安らぎがあって、明日何がおこるか、さっぱりわからなかった。……私は、今も、忘れられないの。ずっと、呪《のろ》いや祝福のように、体から抜けないのよ。」

　ゆっくりと、語るその瞳の向こうに映るその家族の光景に私は思いをはせた。何も思い出せやしないのに、私の胸は痛んだ。

　思い出を持ち続けるおばがうらやましかったのかもしれない。

酔ってベッドに入ったので眠りは妙に浅く、私は何の夢も見なかった。ただ、「わからない」という不安から解放されて、淡い光に満ちた眠りだった。あたたかい陽射しの中、遠くの雲間に太陽が見えかくれするのを眺めているような、優しく心地良い気分を、久しぶりに味わう気がした。ずっと、あまりよく寝られなかったのだ。そして、私は眠りの中でピアノの音を聞いた。あまりに美しく響くので、夢の中で私は熱い涙をこぼした。旋律はくりかえし夢を満たし、胸の奥底へきらきらと消えていった。

☆

おばが家を出た時の、バタンと閉まるドアの音を、私は確かに聞いた。私は窓の外を見た。夜が明けはじめていて、朝焼けが見えた。そして、ピンクの不思議な空の中に、おばが歩いてゆく靴音が響きわたっていった。私が眠っている2階の部屋の、真下が玄関なのでとてもよく聞こえた。私はかなりはっきりとその、遠ざかってゆく足音をおぼえている。

どこへ行くんだろうと、うとうと思いながら、私はまたぐっすり眠ってしまった。

次に目覚めたのは10時過ぎだった。あまりにも気だるくて、私は起き上がれなかった。黙って寝ころんだまま、窓の外を見上げていた。晴れた空は薄く光る雲にうっすらと覆われていて、ぼんやりと爽《さわ》やかな木々の香りが遠くから風に乗って香ってきていた。私は涼やかな眠りに誘われて、またゆったりと目を閉じた。まぶたに光が淡く射しているのがわかる。

その時、ドアチャイムが鳴った。

集金やセールスマンだったら無視しようと思って、私はそっと窓から玄関をのぞいた。繁る緑の濃さにまぎれて人の頭が見えた。その白いYシャツの肩の感じも、つむじの形もよく知っていたので私は驚いた。

「哲生!」

と私は上から呼んだ。なつかしい弟の顔がゆっくりと私を見上げた。その明るいまなざしと見つめあった瞬間、ほんの1週間なのにずいぶんと長い間会っていない人のように思えた。

「いい身分だなあ、まだ寝てたのか。」

と言って哲生は笑った。木々に埋もれて、元気そうにこちらを見ていた。私の心は急速に彼に集中していった。すべての雑音が消え、風や光さえも遠のいてゆくように思えた。

「どうしたの? 上がってきてよ。」

私はにこにこして言った。

「おばさんは?」

「さあ、出かけてるみたい。」

「今、学校行くところだからさ、ちょっと寄ってみたんだよ。時間がないんだ。」

「……そう。つまらないわね。」

「帰りに寄ろうか?」

哲生は言った。

「もちろん。」

と私は微笑んだ。花が咲きそうなくらいに、それは明るくて自然な微笑みだったと思う。哲生はこわばった瞳を安心したようにゆるめて、

「じゃ、後で。」

と言って、小路《こみち》を抜けて、門を開け、出ていった。そのまっすぐ伸びた背すじも、ボロボロの学生カバンも、あの光あふれる家の中からやってきた。そう思う。今や、私の彼に対する愛情は、私の過去への愛情と同質になっているのがわかった。そして2人は今までとは違う。ほのかな恋心を持ち合う他人の男女だ。

家へ帰ろうかな。

私は落ち着いた明るい気持ちでそう思った。

夕方、哲生がやってきたら、私の大きな荷物を持たせて両親のところに帰って、しばらくはそ知らぬ顔をして穏やかに生活しよう。それから、また、ここに遊びに来たりしよう。

そう決まったら急にお腹が空《す》いたので、何か食べようと階下へ降りていった。おばが留守にしただけで、家の中はしんと暗い墓場のようになる。家具も小物も散らかった雑誌も、きちんとすべてが定位置に落ち着き、息をひそめているように思える。台所の流しには昨夜のグラスやお皿がそっと水につかって放ってあった。私は水音さえも強く響く静けさの中で、

それらを洗った。冷たい水が手に心地良かった。窓からはまっ白な光がたくさん入って床の一部を照らしていた。私は、まるで真夏の海岸のように陽にさらされた窓辺でパンをかじり、オレンジジュースを飲み、余っていたアメリカン・チェリーをつまんだ。まぶしくてピクニックのようだった。ひんやりした床がざらざらしているのを、足の裏で感じていた。窓の外の世界は光と影にくっきりと分かれ、初夏の木々の織りなす透かし模様がちらちらと揺れていた。午後に向かって陽が強くなる。私はそうして、夏がもうすぐそこまで来ている気配を全身で受けとめていた。

少しおかしい、と気づいたのは午後になってからだった。

いつまでたってもおばは戻ってこなかった。そして私は、今さらながら自分がおばの私生活を何も知らなかったことを知った。彼女には今、恋人がいるのか、長居できる友人はいるのか、買物はどこの街へ行くのか、さっぱり、見当もつかなかった。おばの生活にはそういうことがかもし出すはずの「気配」がまるでないのだ。

何といっても、家の中の様子が違っていた。いつもは時の濃度が濃く感じられるこの家の中が、今は全く空虚だった。ほこりだらけの家中を見回して私は、すべて夢だったのかもしれないとさえ思った。

　おばの部屋のドアを開けてみた。

　いつみても、えらく汚ない部屋だった。何もかもが出しっ放し、引き出しも開けっ放しで、まるでどろぼうの入った後のような状態で部屋中に衣類が散らかっていた。机の上もまるでバッグの中身をぶちまけたかのように小物が散乱していた。窓のさんにはほこりがつもり、壁の鏡はまるでさっき出土されたもののようにどんより曇っている。ここからあのきちんとした恰好《かっこう》をして出勤するなんてサギだわ、と私は思って部屋を出て来た。そしてドアを後手で閉めた時、別に何の決め手もないというのに私は、おばはしばらく戻らないつもりなのかもしれない、とふと思った。

「ふいに留守にするのはよくないことよ。」

看護婦をしていた母はよくそう言った。

「ずっと、つき添って看病していた人が、ちょっと留守にしている間に肉親の死に目に会えなかった場面をいくつも観《み》たのよ。」

偶然って、そういうものなの、と母は言った。年月では決して埋められない血の性質を見たのだろうか。気分が乗ると何も連絡をせずに遊び歩く私に、母はおばの影を見ていたのだろうか。

☆

「もしも、弥生の行く先もわからないまま、何か事故でもあって、お父さんかお母さんが入院したり、死んだりしていたら、弥生。」

それでも、真顔でそんなことを告げる母のまじめさが、そういう考え方が、私は好きだった。

「ずっとその、電話1本の重みに苦しむことになるのよ、一生。」

でも私は違う。そんなことで一生苦しんだりしない、そういう娘なのだと私はその時も胸の内で思っていた。朝帰りをしかられたからではなく、もっと冷静に、もっと心の底から知っていた。

そしてそのことが母を悲しませるような気がして、言わなかったことをおぼえている。

☆

夕方になっても、やはりおばは戻らなかった。

私は途方に暮れて、明かりもつけずに暗いテーブルにただすわっていた。窓の外が青く浮かんで、木々が幾重にも重なる黒い切り絵に見える。がさがさ揺れるシルエットを飽きずに見ていた。そして、ぼんやりと、ここに1人でずっと暮らしていたおばのことを考えた。

それはさほど、つらい生活でもなかったのだと思う。

しかし私は、おばをひどく混乱させてしまったのだろうか。

そんな不安に耐えきれずに、何度もおばの部屋へ足を運び、汚ない机の上を捜してみたが、その度にやはり何の書き置きも、行く先を示す何ものもなくてがっかりして台所に戻ってきた。するとチャイムが鳴り、

「入るぞ。」

と言って哲生がやって来た。彼は、暗い台所に私がすわっているのを見て、ぎょっとした

声で言った。

「どうした、人でも殺しちゃったのか？　そういう感じだよ。」

「ちがうの。」私は言った。「おばさんが帰って来ないの。どっか行っちゃったのよ。」

ひとりぼんやり考えていた時にはわからなかった気持ちが、哲生と言葉を交わしたとたんにこみあげて来た。私は不安で、あせっていた。

「とにかく、明かりをつけような。」

手さぐりでスイッチを探していた哲生が電気をつけた。とたん窓の外が深い闇に沈み、また夜がやって来たのだ、と私は思った。頭の中が、うまくまとまらなかった。

制服の哲生は学生カバンを机の上に置いて、私の向かい側にどしんとすわった。彼の挙止は、私にだけそう見えるのかもしれないけれど、いつも正確に、くっきりとして見えた。迷いのないそのまなざしが、いつもうらやましかった。哲生に比べると、私はいつもただどこかに腰かけて、迷いながらぼんやりと流れゆくものを見つめているだけのように思えた。

「何かあって、それで姿を消しちゃったのか？」

哲生が言った。

「うん、多分そうだと思う。」

「つまり、それで葬式の時みたいに、どっかに行っちゃったわけだな。」哲生は言った。「心当たりはないのか？」

「わからないのよ。何も言わずに出てしまったの。すぐに帰ってくるのかもしれないけど、なんだか、とても遠くに行っちゃったような気がするの。」

「……気がするのか。おまえのカンはよく当たるから、そうなんだろうな。うん、それに多分、おばさんは弥生に、追ってきてほしいんだよ。」

「どうして？」

私はびっくりした。

「だって、おまえがここに待ってるのがわかってるわけだから、そうなんじゃないかなあ。ああいう人が、たまにわがままをやると極端なことになるから、きっと、そうだよ。でなければ、おまえにここで待っていてほしいんだろう。家に帰らないで、ってことなんじゃないの？」

「ああ、そうか。そういう考えは浮かばなかった。そうなのかもしれない。」

哲生の目に映るおばは私の目に映るおばよりも少し弱く、リアルに思えた。私は黙って立ち上がり、紅茶を入れてみることにした。あんなにずぼらなおばが、お茶の類だけはきっちりと分類してビンにつめて、ラベルを貼っているのを見て切なかった。このやり方はきっと、私が昔住んでいたという家と同じなのだろう。ラベルにはおばの可愛らしい文字が並んでいた。カップを温め、ポットに正確な分量の葉を入れて、私はやたらていねいにお茶を入れた。

ここまで来たら哲生に何もかもぶちまけて、この出来事にまきこんでしまおうかという衝動が、今や止められないほどの勢いで頭の中をぐるぐる回っていた。それを鎮めようとして、ていねいにお茶を入れた。

そんなことをしたら、一生後悔してしまう。

私は、ただ黙って哲生にお茶を出した。

「砂糖は。」哲生が言い、

「どこにあるのかわかんない。」と私が言った。

「ひどい暮らしをしているなあ。」哲生は言ってお茶を飲んだ。そして、部屋を見まわして言った。「この家、長いこと人が住んでないような気配だな。」

私はその言葉でふいに悲しい錯覚にとらわれた。おばなんてもともといなくて、事故の時みんな死んでいて、私だけがここをたずね、残りの3人がそういう私をどこかから見つめていたのかもしれない。

あの夜、大きな荷物を抱えた私を哀れに思ってむかえてくれた姉の霊。

あたたかい家族の幽霊達。

「俺さあ、あそこだと思うんだけど。ほら。」

哲生が言った。私が毒にも薬にもならない妄想にふけって目の前を真暗にしているうちに、彼はちゃんと考えていた。

「うちの親戚すじの、別荘。ほら、あの、平屋の西武《せいぶ》があるとこ。」

哲生は言った。

「なに？」

「ほら、マーケットみたいに、山の中にいきなり平屋の西武が……。どこだっけか。」

「ああ、軽井沢《かるいざわ》？」

私は言った。

「そうそう、ゆきのおばさんはあそこがとても好きで、よく利用するっていう話を俺、誰かに聞いたよ。あそこなら思いたったらすぐに行ける距離だしさ。」

「そうかもしれない」

私は突然、希望を感じた。おばは確かにそこにいる、そんな気がした。私も子供の頃何度か行ったことがある、山奥の別荘。行ってみよう、と私は心に決めた。しかし、哲生はいくら子供の頃の記憶とはいえ、あの林に射す夕方の陽のことも、高原を吹きわたる風のことも印象にないのだろうか。まず平屋の西武なのだろうか。変な子だ、と思って見ていたら、ふいに私をまっすぐ見つめかえして、

「行くのか？」

　と哲生が言った。

「うん、ためしに行ってみるわ。もう2、3日帰りが遅くなるけれど、お父さんとお母さんにうまく言っておいて。おばさんがいなくなったことは決して言わないで。」

　私は言った。すると即座に、

「俺も行くよ。」

　と哲生が言った。あまり平然とそう言うのでしばらく黙ってしまった私は、

「困るわ。」

　と言った。

「何が困るんだよ。」

　哲生はきっぱりと言った。まっすぐ私を見すえる瞳には恋心の色だけがあって私は困惑した。

「だってお父さんとか、お母さんとかに何て言うの？　それに旅行のしたくは？　パンツの替えとか歯ブラシとか持ってんの？」

「あのなあ。」ため息をついて哲生は言った。「お尻の重いおまえと違って、俺はこういうことには慣れてるんだよ。そういうのはそのへんのスーパーにいっくらでも売ってるし、言い

訳なんて星の数ほどパターンがあるの。誰も俺とおまえとおばさんを結びつけて考えやしないよ。」

私は黙った。そして思った。もういいや、面白くてわくわくすれば何でも。

「じゃあ、いっしょに行ってくれる？　哲生。」

「おう、今すぐに行こう。早い方がいい。あのおばさんは自殺とかするタマじゃないけどちょっと心配だからな。」

ありえない可能性でも、その言葉にはどきりとした。

「じゃ、行こう。いっしょに行こう。」

私が言うと、哲生は黙ってうなずいた。

☆

夜行列車に乗るのは久しぶりだった。

哲生は、目の前の席で長いまつ毛を伏せて、窓にもたれてぐうぐう眠っている。制服を着て、カバンとスーパーの袋を網棚に載せた彼はまるで疲れはてた家出少年のようであった。思えば、私達は単に男女としていつもきわどい線にいて、お互いに優しくする手段や口実として「姉弟」を利用していただけだったような気がする。両親が留守の時、2人は夕食後のテーブルから離れがたく、いつまでもデザートを食べたり、お茶を飲んだりしていた。そうやって堂々と2人きりでいられる時間を、ひどく貴重に感じた。

そしてそんな時はいつも、お互いがそう思っていた気がした。

こうして2人きりになると、ますますそういう気がした。

窓の外は暗く、光る夜景がどんどんかけぬけていった。停車してドアが開く度に、しんと冷たい夜の気配や匂いが車内に流れ込むのがわかった。次第に闇は深まり、どこか心細いような気持ちではるかな月を見上げて、なんだかとても遠くに来たような気がしていた。

それでももう、私の心はさわがない。風が窓をどんなにガタガタ揺らしても、いくら速く景色が飛び去っていっても、静かな車内に密《ひそ》かな夜が息をひそめて満ちていても、もう2度と「忘れていることがあるのだ」という強い想いにかられることはない。自分で自分を取り戻した、というしっかりした気持ちと満足感に満ちていた。そしていつか、どこかでまた、この夜も遠い夢の一部と化す。そういうことの不思議を思う。目の前の哲生を見る。

ああ、何てかわいい寝顔だろう。何てまつ毛が長いんだろう、この子は。

と私は思った。まるで神様のような寝顔だったのだ。


軽井沢にはあっという間に到着した。哲生はよほど疲れていたのだろう、自慢の問題集も途中で起きて1度ちょっと開いただけで、すぐにまたうとうとと眠ってしまい、私が、

「次、中軽井沢だよ。」

と起こすまでぐっすりだった。目覚めた時一瞬、「ここはどこだ?」という表情をしてから「あっそうか、これこれこういうわけだった」と納得するまで全部が顔に出たのですごくおかしかった。

そして私達は、夜の駅へ降り立った。ホームは暗く、夜風が強く吹いていて妙に居心地が悪かった。唐突にこんなところに来てしまった私達をせめるようだった。驚くほどの数の星がまたたき、天の川が淡い色にぼんやりと光って山々をこえ天空を渡っていた。

タクシーに乗って、鬼押出《おにおしだ》しの方へずっと登ってゆく山道を急いだ。夜中に着いた若い2人を運転手がじろじろ見た。やがて闇に静まる「平屋の西武」を通りすぎ、私達は車を降りた。

夜の別荘群はまるで墓のように暗く、ぽつりぽつりと整った形で並び、森林にひそんでいた。昼間でさえも区別ができないその小さな家々は夜になるとますますのっぺりとして闇にまぎれる。どれもこれも自分達の知っている家のように見えて、私達はヘンゼルとグレーテルのように暗く、しめった匂いのするほとんど真暗闇の林の中を、ぐるぐる歩き回った。

夜はどんどん深まり、明かりのない窓がいくつも続いた。やっぱり無謀すぎたんじゃないか、と2人共思っていた。口に出すと本当にそうなってしまいそうなので、不安を隠して何か家の別荘には目じるしがなかっただろうかと、必死に考えた。

「玄関はどういうんだっけ……。」

「普通の玄関だったよな。」

「門は？　表札出てた？」

「うーん……そうだ、ポストが特別だった。」哲生が言った。「何だかかっこいい緑色のポストが庭先に立っていたろ。」

「ああ!」さっきからおぼろにたどる記憶の中で、その家の中の流しの形や、2階の古びた居間から見える窓の外や、ソファーの色や……そういう断片にまじってそのポストがふいに出てきた。「わかった、雑誌に出てくるようなかわいいやつね! お父さんがアメリカからわざわざ取り寄せたという、雨に濡れたらすぐさびちゃった鉄のポストね。」

「そうそう、よし、わかった。ちょっとここを動かずに待ってな。」

と言って哲生はすたすたと坂を登っていった。私は自分のボストンの上に腰を降ろし、押してくるような闇と木々の影を見上げた。そのすき間から妙に寒く冴えて輝く月星と、横切ってゆく雲の光る白さを見た。そして森の快い匂い。森林浴がはやるずっと前から、私はこの香りと眺めが好きだった。木々の枝がみな私を見降ろしているようで、こんな暗い夜の中でも私は嬉しかった。私がこんなに大きくなっても、子供の頃と同じように木々はまだまだ高く、そのことは私をとてもいい気分にした。

やがて哲生がダッシュで戻ってきて、

「あった、あったよ。」

と言った。

「たのもしい子。」

と思わず私は口に出して言った。心からそう思った。

「日頃、きたえているからな。」

と哲生は笑った。そう言えばよく彼はひとりで山や川に出かけて、何日も帰ってこなかったものだ。彼は人生の基本をスポーツから学んでいるから、どんな時でも現実に対して強くてしなやかだった。おばが彼のことを「自分で知っていると思っているよりもっと多くのことを知っている。」という言い方をしていたが、よくわかる。そして、それを思い出した時、昨日の夜までいっしょにいたはずのおばにたまらなく会いたくなった。

哲生についてゆくと、今にもくずれ落ちそうな垣根の向こうに、さびた鉄のポストがぽつん、と立っていた。言われてみれば、確かにこれが家の関係の別荘だった。家の中は真暗だった。

「いないのかしら。」

と私は言った。

「とにかく入ってみよう、カギのありかを覚えてるか？」

「うん。」

私は覚えていた。もうそこに生えていた植物は枯れて朽ち果てていたが、玄関わきのプランターの下から、合カギをひろい出して、ドアを開けた。

「あがってみましょう。」

「うん。」

真暗闇にきしむ玄関に、かすかな月明かりだけを頼りにふみこんだ。廊下の電気は切れていなかったので、手さぐりでスイッチを押すとすぐにぱっと明るくなった。

「おまえは下を見てくれ、俺は2階へ行く。」

と言って哲生は、次々に明かりをつけながら2階への階段を上っていった。

私は、あまりのかびくささに息がつまりそうなので、次々にばたん、ばたんと窓を開けて新鮮な夜の空気を入れた。冷たい夜気はたくさんの瑞々しい酸素を含み、部屋の中をかけめぐった。

台所と、それにひと続きの居間の窓を開け、最後に私はいちばん奥の部屋へ向かった。どきどきしながら私はふすまを開けてみた。闇とたたみの匂いがして、そこにはがらんと何もなかった。私はため息をついて窓辺に歩みより、窓を開け放った。

そして、ふいに知った。おばはここについさっきまで立っていたにちがいない。それは、夕方、陽がほとんど暮れた紺色の空が木々のシルエットを不思議なモザイクに浮かび上がらせる頃のことだ。おばはひとりここに立って、明かりもつけずに外を眺めていた。私には、手に取るようにわかった。そして、もうここにいない。どこへ行ったかはわからないが、もういない。部屋に満ちてくる澄んだ夜の匂いの中で、私はそう確信してしまった。ああ、いったいどこへ行ってしまったのか。もしかしたら、そんなに意地になって捜さなくてもよいのかもしれなかった。でも今は、私の方から彼女を見つけなくてはいけない時なのだ。そういう、大切なゲームなのだ。そう思えてならなかった。

やがて哲生がどたどたと階段を降りてくる音で、私は現実に戻った。明かりをつけると、廊下の向こうから彼がやってきて、

「いないんだけど、ほら。」

と言って私の方へ、1枚の紙を差し出した。

「これが、2階の居間のガラステーブルの上にあった。」

と哲生は言った。私はその紙を受け取って、見てみた。そこには走り書きのような汚ない字で、

弥生ちゃん、

本当にここまで来てしまいましたか。嬉しいな。

旅は愛を深めますね。

ゆきの

とだけ書いてあった。

その紙片の表も裏も何度見ても、それ以上の情報は得られなかった。手がかりはぷっつり途切れた。

しかし哲生はただ首をひねって、

「このくらいのこと書くなら、書かない方がマシだと思うんだけどなあ。」

と言った。私はおかしくなって、

「そういう考え方も、いいと思う。」

と笑った。「そうかな。」と哲生も笑った。

何だか気が楽になった。


あまりにもお腹がすいていたが、車がなければ何も食べに出られないし、近所はすべて閉まっている時刻だった。来さえすれば何とかなると思い込んでいたお互いの無鉄砲をののしり合いながら台所中をひっかきまわして食べ物を捜した。

そして棚に種類の違う古いカップめんを2つ、冷蔵庫におばの残していったらしいトマトを1つ、ヨーグルトの大きなパックを1つ発見した。空腹が満たされたわけではなかったがそれを食べたら何となく安心して、私達はおやすみを言い、少し気まずい感じでまるで自宅にいるように別々の部屋に別れて眠った。そりゃそうだ。急にいっしょに眠るわけにはいかない。

暗闇で1人ふとんに入ったら、恐ろしいくらい、静かな夜だった。

私はおばの夢を見た。何もかも知っているおばがこっそりとこの家の外に立ち、ひとり星空を見上げている場面だった。あまり真上を見ているので、髪が地面に届きそうだった。少し冷たい印象を与えるあの横顔で、甘い声で歌を口ずさみながら、しんと星を見ていた。

とても、切ない夢だった。

☆

翌日は軽井沢にふさわしくよく晴れた。

私はせっかくだからと掃除をしていた。このまま東京に戻るにしても午後は観光して帰ろう、と哲生が言った。おばの家には何度も電話をかけてみたが、いくらベルを鳴らしてもおばは出なかった。戻っていないのだ。

廊下にぞうきんをかけていると、ピンポンとチャイムが鳴った。住みなれない家のドアチャイムというのは、空耳のようにあやふやに聞こえる。私ははじめ、あれ？　と顔を上げて黙っていたが、また続けて2回、ピンポンという音が玄関に響き渡った。

哲生かな、と思いつつカギを開けに歩いていった。あんなに望んでいた平屋の西武に買い物に行かせてあげたのだが、よく考えてみるとシーズンオフなので開店していないのかもしれなかった。だからきっと彼はもっと遠くまで行ったのだろう。それにしてはちょっと帰りが早すぎた。ドアの前で私は、

「どちら様ですかー？」

と言った。

「ゆきのさん？」

とその人は言った。若い、男の声だった。その声の調子に含まれた抜き差しならない様子から、私はきっとこの人もおばをさがし回っているのだろう、と直感した。

そしてドアを開けた。

彼の、予想外の若さに私は度胆《どぎも》を抜かれた。彼はどう見ても私と同じくらいか、もっと年下に見えた。おばさんったら、教え子に手をつけたのね、と私は思った。あの人なら、そのくらい平気でやる。それにしても彼は巨大な人だった。背も高ければ、体もがっちりしていて、頭も大きかった。私は彼を見上げて黙ってしまっていた。そして彼は私を見て、とても変な顔をしていた。昔の彼女に街でばったり出会ったような顔、とでも言えばいいだろうか、そういう顔だ。

それでしばらく見つめ合った後、彼は突如、自己紹介をした。

「あ、はじめまして。僕は立野《たつの》正彦《まさひこ》と言います。失礼ですが、ゆきのさんの……。」

「姪の弥生です。」と私は言った。「おばはここにはいないんです。どうぞ、お入りになってお茶でも飲んでいって下さい。そしてもし、よろしかったらお話を聞かせて下さい。私達……私と弟も、おばを捜しに来たんです。」

「そうですか。」

おばがいないと知った彼は、明らかに深い落胆の色を見せた。そして、しばらく黙った後で、

「では、おじゃまします。」

と静かな声で言った。彼には中間の表情やあいまいさというようなものがひとつもなく、しかもこわいくらいに礼儀正しかった。時代劇の侍みたいだった。台所に続く居間の小さなソファーにすわると、彼はいっそう大きく見えた。日本茶をひと口飲んで、彼は深いため息をついた。

「昨日の昼、電話があったんです。」彼は言った。「3カ月ぶりの電話でした。それで、『今、どこにいるんだ。』って言ったら、ここの住所をすらすらっと言って、ごちゃごちゃっとごまかして切っちゃったんです。取りあえずメモは取っていたものの、こんな所でしょう、びっくりしてとにかくやって来たんです。弥生さんは？」

「私は、この所ずっと、あの人の家に泊まってたんです。それで何も告げず急にいなくなってしまったものだから、心あたりのここを訪ねてみたんだけど……私あてのメモを残して、すでに消えていました。今はどこにいるのかさっぱりわかりませんし、家にも電話してみま

したが、出ないんだか、いないんだか。」

「僕あてのメモはありませんでしたか？」

彼は目を輝かせて聞いた。私は申し訳ないような気分で「ありません。」と言った。彼はまた、悲しそうに目を伏せた。

「3カ月ぶり、とおっしゃいましたね。」私はたずねた。「最近、おばとは会っていないんですか？」

「ええ。」彼は何でも正直に言いそうな勢いだった。「正確には会ってくれなくなったんですね。もっとありていに言えば、ふられたのかもしれません。あんまり、いろんなことがあったのでよくわからないんです。本当に僕とゆきのさんがつきあっていたのは、僕がまだ高3の時、つまり去年ですからね。」

やっぱり、と私は思った。彼は教え子ではないか。全くおばらしい話だった。

「卒業したら会ってもいいということだったんで、3カ月前に電話をしたら、ゆきのさんは……。」彼はそこではじめてちょっと口ごもった。「僕の子供をおろしたって言うんですよ。」

私もぎょっとした。言うような人でもないが、そんなことをおばは、ひと言も言わなかった。恋人の存在すら、ほんとうにひとかけらも匂わせなかった。

「何としても会ってきちんと話をしたかったんですがだめでしたね。何をしても、どこで待っていても、まともに会ってくれなくなりました。」

彼は本当に憔悴《しょうすい》しきっているように見えた。おばはこうと決めたら、何が何でもやるような人だということが、私にもわかりはじめていた。彼女がもし本気で別れを決めたら、相手に対してどんなに冷淡になれるのか想像しただけでぞうっとした。きっと彼のことをガスの集金人か何かのように扱ったに違いなかった。もし、この3カ月の間をそれでもそうやって粘りぬいたとしたら、彼も又すごい根性の持ち主だ、と私は思った。

「ちょっと待って、卒業したら会ってもいいっていうことは、卒業前にいったんお別れしたっていうこと？」

私はたずねた。

「そうです。去年の12月、雨がざあざあ降っていた夜にいきなり呼び出されて、もう会わないって言われました。青天のへきれきでしたよ。何を、どう問いつめても、相手にしてくれなくなって、『まだ学生だから。』とか言うばっかりで。……今、思えばその時、妊娠していたんですね。あの人は、何でもひとりでやってしまうから。」

彼は言った。この独特なまじめさは何だろう、と私は思った。おばはこの人のこういうところをとても愛しく感じているのだろう、と。

ただいまあー、と帰って来た哲生は正彦くんを見てびっくりしていた。私がかんたんにい

きさつを説明すると、哲生はきちんと自己紹介をした後に私にだけ聞こえるくらいの小さな声で、

「しかし、彼女をめぐってまるで推理物のように人が増えていくなあ、殺人事件がおきそうだな。」

とつぶやいた。私はおかしくて、正彦くんに聞こえないようにこっそり笑った。

高原にやって来ると、どうしても食べたくなってしまうものがあった。それは、母の作るフルーツカレーだった。昔、父の運転する車でここにやってくると、まずみんなで家中の掃除をした。そしていつも1泊目は母が、キウイやパイナップルの入った甘いカレーを作るのだ。

☆

今夜はそれを私が作ることになった。

私と哲生は、今日中に東京にひきかえすつもりでいた。しかし正彦くんが、「僕に住所を告げたのだから、彼女は戻ってくるかもしれない。」と苦しそうに言った。私も哲生も内心、「それはない線だな……。」と思っていたが、疲れ果てている彼があまりにも不憫《ふびん》で、いっしょに泊まってやることにした。どうせ動きようがないから、別に急ぐことはないのだ。そして、私達はそのおかしな組み合わせでテーブルを囲んだ。

「うん、なつかしい味だ、おふくろと同じ味だ。」

と哲生が言い、

「おいしいです。」

と正彦くんが言った。知らない人にすぐなじむのは、哲生の特技だった。つまり他人なんてどうでもいいと思っているのだ。カレーをもぐもぐ食べながら、すぐに哲生は図々しい質問をした。

「スポーツをやっていたとしか思えない肉体、しっかりした顔立ち、育ちの良い服装。不思議に思うんだが、正彦くんならかたぎのお嬢さんにいくらでももてるんだろうに、なんであのゆきのおばさんなんだ？　どうも今ひとつよくわからないんだよね。あの人の魅力っていうのが。」

時々、彼はこういう無邪気な態度になる。よく親戚の集まりなんかでも恐ろしい発言をしてみんなを凍らせたものだった。そんなの適当に受け流せばいいのに、まじめな正彦くんは、うーん、と考えて答えた。

「あの人は、ものすごくいさぎよいんだ。曲げられない自分っていうものを持っている。どんなにつらい思いをしても、迷っても、決して自分を変えられない。その不器用さが何だか痛ましいけれど、ものすごく魅力的なんだ。それに、授業が面白い。」

「音楽の授業が？」

私は眉をひそめた。

「そう。かっこいいんだよ。いちど、歌のテストの時、みんなが『声が出ないんです。』って言ってふざけたことがあったんですよ。」

彼は私にはなぜかずっと敬語を使った。私もつられて、

「そうですか。」

と言った。

「その時、僕は本当にひどい風邪《かぜ》で全然声が出なかったんだけど、僕がそう言ったらクラス中の野郎がマネしちゃったんですよ。彼女はピアノからすっくと立ち上がって『このクラスは風邪がはやっているようね。』って言いました。みんな、これでテストはなしだな、と一瞬、どっとわいたんです。しかし彼女は『今、歌えなかった人、ここに来て。』と言って、声が出ないふりをした奴を並ばせたんです。もちろん、僕もね。みんな先生のこと好きだから、楽しんでたんです。『みんな口をあけて。』って彼女が言って、野郎が10人くらい、バカみたいに口をあけた。彼女は次々にのぞきこんで、黒板の前でちょっと笑って、『本物はこの子だけ。あとは歌いなさい。』って言いました。そして僕の首にさわった。あんなにどぎまぎしたことは、生まれてはじめてだった。それからあの人は、黒いハンドバッグの口をぱちんと開けて、浅田《あさだ》飴《あめ》を1個くれた。最高だったな、クラス中が拍手して。あの人は、特別

なんだ。それは僕が高3の時で、あの日から何となく、好きになっちゃったんですね。」

恋する男はみんな相手を特別なものと思うものだが、この人の言っていることはよくわかる気がした。

「なるほど。」と哲生は言った。「あのおばさん、授業がものすごいいいかげんそうだものな。見るからに、すごそうだ。」

「すごいもんですよ。」

正彦くんは何となく誇らしげに笑って言った。

「雨が降ると、学校を休んじゃうんだ、先生のくせに。授業だって、平気で10分遅れてきたり、早く帰ったり、毎日何だかわくわくしたよ。1度なんか、授業中にピアノの音がぴたり、と止まっちゃったから教室中がざわざわしてさ、のぞきこんでみたら眠っていたことがあった。」

「すごいわ。」

と私は言った。

「試験前には、必ず問題を黒板に全部書いてくれた。『ないしょですが……。』とか言ってね、おかげでクラス中いつもほとんど満点でしたからね。実技のテストだって、人に歌わせておいて自分は窓の外見ているしさ。かと思うとそうやってふいに真面目《まじめ》になったり、ふざけて僕に飴をくれたりするし、あんまり面白いんで彼女はいつも人気者だった。それ以来ずっと、音楽の時間ばかりが楽しみだった。ずっと、恋してたんだな。そして、それは僕だけではなかった。それはずっと感じていた。廊下ですれ違う時や、授業中に眠っていて、ふと目をさましてピアノの前にいる彼女と目が合う時、いつもそう思った。……うん、あんなに楽しかったことはない、今まで。最高だった、彼女と恋愛するのは。」

まるで宝物の話をするように、遠く美しいものを眺めるように目を細めて彼は言った。長い旅の果てに理解者とはち合わせしたことが彼をそんなにも饒舌《じょうぜつ》にさせたのだろうか。

「うん、いちどあの人のとりこになったら、もう代わりはいないというのは、よくわかる気がするな。」

哲生は言った。

私は黙って、おばのゆっくりと笑顔になる淡い輝きの様子を思い浮かべていた。夜が満ちて、今夜もここにいない人の夢を見せる。私達は遠い昔からここで、テーブルを囲んでおばの思い出を話し続けているような気がしていた。こんな静かな夢の底で、とても明るくなごやかな室内に集《つど》い、心をぴったりと均等に開いて、気を許し合っていた。こんな夜は滅多にない。心のかげん、風の具合、星のまたたく数、こみあげる切なさの分量、肉体の疲れ……すべてのバランスが奇跡のように整っている。

「僕って、めかけの子なんです。」

　正彦くんが言った。あんまり唐突だったので、私と哲生はただびっくりして黙った。２人が彼をただじろじろ見ているのを感じると、正彦くんは苦笑して話を続けた。妙に堂々としたふるまいで、実に感じがよかった。

「母が死んでからは、父の方にひきとられてごく普通に生きてきましたから、どちらにしても子供の頃のことで、今は何も問題はないんだけれどね。ただの幸福なぼんぼんです。自分が言ってるんだから、間違いはない。それでね、年頃になってからずっと、当然のように何て言うかな、はきはきしたタイプとばかりつき合ってきたんだ。わかるだろ？」

　彼が哲生を見た。哲生は笑って、

「わかるわかる。見るからにそうだ。」

　と言った。

「多分、おおもとのところでゆきのさんが不安に思っていたのはそこではないか、と今はそんな結論が出ている。前はわからなくて、ただふられたつもりでいたけれどね。確かに僕の中の一部は、はきはきしていて、率直で、年相応のいいところがたくさんあって、涙もろくて、きちんとしている、そういうのが女の子なんだっていつも思ってる。誰もがそうなように、そうやって、うまくやりながら育ってきた。でも肝心なのは置き忘れてきた部分なんですよ。誰とも分かち合えない。」

　彼がそう言ったとき、私はどきりとした。何か真実のようなものが耳元をかすめていったように思えたのだ。

「僕の中には、もう自分すら忘れてしまった何年間かが眠っている。ほんの子供が、お母さんを守ろうと心をくだいた、実に強くて情けなかった時代があったんだ。別に誰をうらんでいるわけでもなく、そこにこだわっているわけでもないけれど、その、母と2人で暮らした時代は永遠に誰とも分かち合えない何かになって、僕の中にずっとあった。うん、あったんだと思う。なぜなら、ゆきのさんに出会うまではそんなことすっかり忘れていたからだ。あの人は、そういったなつかしいものや、胸の痛むことや、どうしようもなく歯ぎしりするようなことのすべてだった。あの人がかさをさして雨の校庭を横切ってやってくるのを見ているだけで、僕は何かを思い出しそうになって気が狂いそうになったものです。」

「恋ってたいていみんなそういうものだけどな。」

　哲生が言い、正彦くんがその言葉に少しむっとしたのがはっきりわかった。私はびっくりして何か言おうとしたが、哲生は少しも動揺せず、真顔ではっきりと続けた。

「はじめは、だらしない高校教師と年上好きの青年というありふれた話かと思っていたけど何だか、君の話を聞いてたら、ゆきのおばさんのことがほんの少しわかってきたような気がするよ。」

　正彦くんは心からの笑顔を見せて、

「そうかな。」

　と言った。それはとてもいい場面だった。

　そうだ、私が今、こんな遠いところにやってきているのも、おばが私の姉だからだけではなく、黙っていなくなってしまったからでもない。それはおばの背負っている、女としての暗黒の魔力だ。あの髪や甘く響く声や、ピアノを弾く細い指のその向こうに彼女は何かとほうもなく巨大ななつかしさを隠している。それが、失われた子供時代を持つ人にはきっと特別よくわかるのだ。夜よりも深く、永遠よりも長い、はるかな何か。

　その大変な重みに少しも曲がらない、しなやかな自我の切なさに、私達は想いをはせる。そして、ますます魅《ひ》かれて、こんな星の降る林の中で出会ってしまう。いっしょに食事をする。

　そういうことなのだ。

☆

その夜遅く、哲生と2人で散歩に出た。

まっ暗な林を抜け、亡霊のように浮かびあがる暗い窓の家々の間を抜け、月明かりのうっすら射す中を、ただ歩いた。いっぱいに葉をつけた夜の枝々が強く吹きわたる風にガサガサ揺れる度に、深緑の空気が夜空にゆっくりと大きな波紋を広げてゆくようだった。

「しかしあいつ、変わった奴だなー。よくああいうことを恥ずかしげもなくべらべらしゃべるな。」

と哲生が言った。着るもののない彼は私のカーディガンをつんつるてんに着ていて、何だかとても可愛かった。

「そうね、でもいい人よ。」

彼はずっと、おばのいる風景を含むある夢に囚《とら》われ、もう戻って来ることができなそうにさえ見えた。人はそれを幸福と呼ぶのかもしれない。旅先の夜はいつも、景色が美しければ美しいほどどこか悲しかった。夜空を見上げて、闇に消えそうな自分の所在を確かめる。夏を示す星座の下を、てくてく歩いた。

「こっちは星がすごいね。」

哲生が言った。

「何年ぶりくらいかしら、ここを利用するの。」

「うーん……ここしばらく来てないよな。親はしょっちゅう来てるんじゃないかなあ。」

「なつかしいね。子供の頃に比べて、いろんなものが小さく見える。」

「この前来た時は、ポストが新しかったな。」

「花火をしたわね。」

「うん、親父《おやじ》がバケツを持って歩いてたのを覚えてる。ここに来ると必ず、花火をした。」

降り注ぐような、にじむような輝く白い粒々の、あれがみんな星だと思うと、子供の頃はわけもなく悲しくなった。見上げた木々の合間を埋めつくす星の、幾億もの輝き。

どうしてそういう気持ちになるの？　みんなそうなるものなの？　と、子供の頃、父にたずねた。花火をしに、林の中の少し広い地面がある所を目指して山を登っていった。そう、父はバケツを持ち、私と手をつないでいた。少し前をゆく母の後姿が消えてしまいそうに濃い闇だった。花火をたくさん抱えてはしゃいだ哲生は、ひとりで先に走っていってしまっていた。父は言った。

「あんまりたくさんありすぎるものを見ると、人間は不思議と悲しくなっちゃうんだよ。」

よく覚えている。あの時、ぎゅっとつないだ父の手の感触さえ、よみがえる。育ての父、の。あの、乾いた大きな手のひら。

ひとまわりして、そろそろ帰路につこうとしていた。目がなれて、林の木々がまるで夢幻のようにぼんやりと光って見えた。坂道をまっすぐ下ってゆけば、私達の別荘だった。正彦くんがまだ起きているのだろう、遠くに見える窓にぽつんと明かりがついていた。その星のような白を目指して、小枝や乾いた土を踏んでゆけばすぐ着いてしまう。そう思うと、林の夜気が心の細胞をひとつひとつ夜に染めてゆくような寒い気分になった。

「おまえ明日、どうするの、弥生。」

ふいに哲生が言った。私は立ち止まった。私はまだ家の中に戻りたくなかったのかもしれない。星を見上げた。幾度見ても、信じられないくらい冴えた夜空だった。

「どうするのって……私。」それはあまり、今、この場では考えたくないことだった。「何とかして捜しあてたいな。このままじゃ何だかくやしいし。でもとりあえずいったん戻ってみようかな、おばさんちに。ここに戻ってくる可能性は低いものね。」

何も本質に触れていない答え方だった。何も確かなことがない。果てしない水底をのぞいているような気分だった。

「なあ。」哲生はため息をついて、よりかかっていた木の幹からそのままずるずるとすわりこんだ。「おまえ、肉親と暮らしたい？　今さら。」

私は口がぽかんと開いてしまった。あんまり驚いて星空が回るように思えた。

「哲生は、知ってたの？　いつから？」

私は言った。哲生は私を見ず、闇を見つめて言った。

「……とっくに知っていたよ。知らないのはおまえだけだと思うな。もちろん親父とおふくろは、俺が知っているとは思っていないけどな。……これからは、ゆきのおばさんと暮らすの？」

「ううん。」私は哲生の前にかがみ込んで、彼をのぞきこんだ。「私は、育った家しか戻るところはないと思ってる。私もおばさんもそんなにロマンチストではないもの。……ただ、私、ずっと忘れていたことをせっかく思い出して、彼女は私の姉で、いっぺんにすべてががらっと変わったことをよく味わいたいの。今、私がこうしてじたばたしても、まわりに迷惑かけてるだけだっていうのはよくわかっているの。それでも、どうしてもじっとしていられないの。おばさんが私に追ってきてほしいなら、そうしたかった。そういうつまんないことこそが、今の、今までの2人にとって何よりも重要な気がしちゃうの。……わかる？」

「よくわかるよ。」

と哲生は笑った。まっすぐに私を見てうなずいた、それは目をみはるような美しい笑顔で私はただ彼をじっと見ていた。この旅行中に、私は哲生の今まで私に見せたことがない表情をいくつも、いくつも見た。その笑顔もそうだった。家の中では決してしないそんな表情は、彼が今まで特定の女性にだけ見せていたものなのかもしれなかった。……いや、違う。多分、私の目が変化したのだ。新しい日々をくぐり抜け、はじめてフィルターをはずした私の心がこの夜の中、哲生のことを今までに見たことのない瞳で見つめているのだ。

新しい哲生、新しく生まれた感情。私はもう、目を離すことができない。いつまでもこの視点からまるで耳を澄ませるようにして、彼を見ていたかった。

「おまえは、いつも所在なさそうにしていた。」哲生が言った。「何も知らないはずなのに、家の中でも、街でも、何となくいつも不安そうにして、何だか揺れているように見えた。ゆきのおばさんがおばさんだっていうのはウソで、あの人とおまえは姉妹と思ったのは中学生の頃で、俺はひとりで戸籍を調べた。2人ともうちの養女になっていたよ。」

「……そう。」

足元の土や葉が、月明かりにうっすら見えた。ここは、たどりついたひとつの果てだった。

「ひょんなことから、気づいてしまったからね。」

　私は何かとても淋しいことを話しているような気分がしていた。自分の口から出るひとことひとことが、賽《さい》の河原《かわら》に積む石のように白く冷たいように思えた。生きるとか死ぬとか、家とか家族とか、あらゆる次元での血の通ったもののあるところから、うんと遠くに来てしまったような気がした。恋とか、弟とか。

「でも、私、内心はけっこう喜んでいるのよ。……何だか人生が2倍になったようじゃない？　わかんないままの方がいいことなんて、何もないわ。心からそう思う。」

　夜風がそよそよ吹く中で、私の語る言葉はきちんと本当の思いを告げているにもかかわらず、何かから少しずつずれてゆくのが自分でもわかっていた。今、本当を告げているのは、かがみこんだひざの上で普通の固さに組み合わされた私の指だけなのかもしれない。

　その時だった。

　いきなり哲生が私を抱きしめた。私はひざをついてしまったが、不思議と驚きはしなかった。ただ、彼が着ている私のカーディガンの胸の貝ボタンを間近で見ていた。そして、私の背中に触れている哲生の大きな手の、不思議な感触を味わっていた。そして哲生からは、あの懐しい「うち」の匂いがした。私の育った家の柱や、じゅうたんや、衣類の匂いがした。それは私を混乱させるどころか、よりいっそう切なくさせて、涙が出そうになった。それで仕方なく私は顔を上げ、彼のダイヤモンドの瞳を見た。あまり悲しげに輝いていたので、私は瞳を閉じ、私達はキスをした。永遠のように長い口づけだった。

☆

するとしないでは何もかもが180度違うことがこの世にはある。そのキスがそれだった。

私達はそれから無言で立ち上がり、土を払い、別荘に向かって歩いた。そして少し笑って「おやすみ。」を言い、別々の部屋に別れていった。

そして私は、眠れなかった。

まるで足元をすくわれたようだ。闇の中を遠ざかってゆく船をひとり見送っているようだ。それでも心は暗く切なくときめいていた。甘い味のする闇だった。気づくと心はいつの間にかくりかえし哲生の唇をおもっている。すべりこませた胸の、ほほに触れる感じを思い出す。

それほど確かなことはこの世のどこにもなく、そのために私は何もかもを投げ出してもいいと思った。それなのに今はまるで宇宙の闇を見ているように孤独なのだ。2人には行き場がなく、続く明日がない。今こんなに冴えた夜の底で、同じことを考えていても、朝陽《あさひ》が射せば淡雪のように溶けてしまうかもしれない。

何か希望的なことを考えられるほど、私は元気ではなかった。そう、私の心は疲れ果てていた。おばに再会する瞬間まで、他のすべてが「ストップ」になって静止していなくてはいけなかったからだ。

やってしまった、ついにやってしまったと、私は多分同じ夜の中で哲生も思っているだろうことをそっと考え続けていた。

☆

朝はどんよりと曇っていて、霧のように細かい冷気がゆっくり流れてゆくしんとした林を窓から見ていた。

私は結局、ろくに眠れなかった。

シーツもふとんカバーも新しくて、さらさらしているふとんの中から、ごろりと横になったまま見る高原の曇り空はとてもきれいだった。どうせもう眠れそうになかった私は、ふすまを開けて廊下に出た。まるで夢の中で見る日本家屋のようにひっそりしている。私は台所へ行った。朝から残りもののカレーでは空しいので何か作って食べようと思ったのだ。ひどくぼんやりしていた。ここのところ、あまりにも1日ずつが長すぎて、いろいろなことがありすぎて、何もかもがピンとこない。

私は冷んやりした床にはだしで立ち、びっくりするほど冷たい水をやかんに入れて火にかけた。何があるんだろ、と冷蔵庫を開けていたら、

「おはようございます。」

と正彦くんが入ってきた。朝も早いというのにもうすっかり身仕度を整えてすっきりした顔をしている。

「おはよう。出かけていたの？」

と私は言った。

「うん、散歩に行っていました。」

と彼は笑って、居間のソファーに腰かけた。はたから見れば微笑ましいという程度のこの生活態度の違いが、おばにとって恐怖だったろうことはよくわかった。彼女は単に教師としてのモラルや年齢差におびえたのではなく、彼の健全さを異星人のように嫌悪したにちがいない。ずっと守り続けてきた自分の小さな、だらしない暮らしが変わることにおびえたのだ。私にはその気持ちが、とてもよくわかる気がした。若気の至りという言葉の通りに、恋の嵐が過ぎ去れば彼はまた元の日々へかえってゆくかもしれないことの、その率はあまりに高い。どう考えてもおばは、きちんとつきあう恋人にするには変わりすぎている。

おばの人としての弱さをはじめてちらりと見たような気がして、少しつらくなった。こわいものや、いやなものや、自分を傷つけそうなものから目をそらすのが、おばのやり方だった。私はかさ立てのことを思い出していた。

☆

この間家を出ておばの家にいった時、私は自分のかさを無造作に玄関のかさ立てに突っこんでおいた。2、3日してまた雨が降ったので、学校へ行く時、かさを出した。そのかさ立てはかなり古い単なるつぼで、他にかさが1本も入っていなかった。私はかさを見てぎょっとした。いちめんにびっしりかびが生えていたのだ。大さわぎして、私はおばの部屋へ走っていった。おばは学校をしっかりと休みにして、ベッドに入って眠っていた。衣類にまみれた床を越えて、おばを起こした。

「なにー？」

眠そうにおばはむっくり起き上がった。

「玄関にあるつぼの中って、見たことある？　すごいのよー、中で何がおこってるかわかんないわよ、私のかさ、かびだらけよ。」

「ああ、あれ。うん、私は折りたたみのかさを使っているから、使っていない。あの中に入れたら、取り出せなくなってしまうからね。昔はかさを入れていたの。確かにね。それで、弥生のかさがどうかしたの?」

おばは寝ぼけた声で髪の毛を前にたらして、つぶやくように言った。

「びっしりかびよー、すごいの。」

私はさわいだ。おばはしばらく、うーん、と口をへの字にして窓を次々流れる透きとおった雨の粒を見つめていたがやがて、

「わかった、なかったことにしましょう。」

と言った。

「何それー。」

と私は言った。

「そのつぼをかさごと、家の裏に持っていって、ぽいっと置いとけばいい。それで、雨なんだから、外に出なければいいの、今日1日くらいは。」

そう言っておばはふとんにもぐりこんでしまった。

私はあきらめて、言われた通りにその重いつぼを持って家の裏に回った。ひざまで来る濡れた雑草をかきわけ、はじめてあの廃屋のような家の反対側をきちんと見た。ひどいものだった。おまけに裏にはおばが今まで「なかったことにした」ものがぞっとするほどたくさん、

積み上げられて雨に打たれていた。あらゆるものがあった。どれだけ昔からの粗大ゴミをそこに捨てたのか見当もつかなかった。どうやって運んだのか学習机や、古いぬいぐるみの類まであった。2度と目にはいらないように、そしていろいろなことを考えてしまわないようにほとんどめくらめっぽうに投げられている。おばは人間ともきっとこのようにきっぱり別れるのだろうと思って、私は少し悲しくなった。雨に打たれて、しばらくそこに立ったままで私は〝なかったこと〟にされた物たちを見ていた。

☆

「何か作ってくれるんですか。」

もしかしておばに〝なかったこと〟にされてしまったのかもしれない正彦くんが居間から大声で言った。野菜を洗う水音と共に、

「そうですね、朝ごはんを。」

と私は答えた。

「何か手伝いましょう。」

と彼は立ち上がってやってきた。

「お世話になりっ放しですから。」

「けっこうですよ、やります。……お料理できるんですか？」

私は苦笑した。同い年の男に向かってどうしてか敬語で話しているのがおかしかったのだ。

しかし彼にはどこか、人の襟を正させる感じがあった。元々がこういう人なのか、つらい恋

をして老け込んでしまったからなのか、私は初めから彼をものすごく年上の人のように感じていた。

「うん、得意分野です。」

　彼は笑った。

「じゃあ、これお願いします。」

　と私はみそ汁に入れるさやえんどうを、透明なざるに入れて渡した。彼はにっこり笑って受け取り、床にすわりこんで一心不乱にすじを取りはじめた。何にでもひたむきになるたちらしい彼が、大きな手で少年のように床にあぐらをかいてすじを取っているのを、何となく微笑ましい気持ちで見ていた。

「母親が、もう死んでしまったんですけれど、ものすごく病弱だったんですよ。それで小学生の頃は僕が晩ごはんを作ってたんですよね。子供心にも少しでも母が丈夫になるようにと栄養のバランスを考えたりしてね、ベテランですよ。」

「なあんだ、じゃあこれもお願いしちゃおう。適当に切って下さい。」

　私はだしを取りながら、予備のまな板と包丁を出して、ビニール袋ごとこんにゃくを渡した。とっくにすじを取り終わってしまった彼は、それはそれは嬉しそうに包丁を持った。しばらくして見ると、彼は細く切ったこんにゃくに切れ目を入れて、きれいにねじってくれていた。何だかすごい。

「おばさんは、料理全然、しなかったでしょう。」

私は言った。

「ええ、もう全然。あの人は、家事ができないんですか？　それとも単に、しないんですか？」

彼は笑った。

「できないんじゃないかしら。」

と私は言った。そう、彼女は都会の野生児として育ったのだ。台所に立ち、掃除や洗濯をこなし、繕いものをしてくれる人の影が全くない寒いところで、たったひとり生きのびてきた。このところ、そんなふうに思う度、胸がきりきり痛んだ。もしもその事故にあった時、私がもう少し年上で分別があったなら、そして2人で暮らしてこれたなら、という強い感情が押しよせてくる。しかし、すでに運命は分かれ、私達はもう自分達のやり方でしっかり大人になってしまった。もう決して取り戻せない。これは単なる郷愁で、ゴミよりもくだらない。お互いの人生に失礼だから、と打ち消すようにしていた。

「あのひと、缶詰もろくに開けられないんですよね。」思い出し笑いをしながら、正彦くんが言った。「よく、僕が料理を作って、こんなふうにちょっとしたことを手伝ってもらったものです。缶は開けられないわ、皮はむけないわ、ふてくされるわ、見ていて面白かったですよ。すげえマザコンみたいですけど、そういうところがすごく好きだったんですよ。うちの母も、何もしないで寝ているくせに妙に堂々としていてね。」

人間って悲しいものだな、と私は思った。子供時代の呪縛から完全に逃げられるものはいないのだ。朝は本格的におとずれ、薄陽《うすび》が射していた。手元が照らされ、眠けはますます丸ごとぼんやりと頭の奥にしまい込まれてゆくのがわかった。

「あの。」

ふいにまじめな声で、きちんとねじれたこんにゃくの山を手渡しながら正彦くんが言った。

「はい？」

私はそれを受け取り、手を止めた。

「失礼な質問ですが、弥生さんは、ゆきのさんが……。」

そのことを私以外の全員が知っていたように思えて、一瞬、何だかバカバカしく思えた。

私は彼から目をそらし、流しの方に向き直って振り向かずに言った。

「知っているわ。あの人は私の実の姉よ。」

少し棘《とげ》を含んだ私の言い方に彼ははっとして、

「ごめんなさい。」

とまっすぐな声で言った。待てよ、と私は思った。彼が知っているということはおばから聞いたということではないか。それは驚異的なことだった。私は笑顔を作って言った。

「ううん、いいんです。それより、そのことをどうして知っているんですか？」

「ゆきのさんが言っていたんです。」正彦くんははっきり言った。「妹がいるが、いっしょには住めないんだって。どこに？　といくらたずねても、山の向こうに、とかこの世のどこかに、とか言うだけで相手にしてくれなかったんです、ずっと。でもね、くりかえしくりかえし言うんです。そして、もっとたくさんのことを話しそうになる度、はっとして口をつぐんでしまった。そのことはずっと気にはかけていたんですが、昨日、弥生さんにお会いした時、ひと目でわかりました。この人がゆきのさんの妹なんだなって。」

「そうですか。」

私はしみじみとして言った。正彦くんは、そのまっ黒な大きい瞳に明るい表情をたたえて言った。

「くわしい事情は何も知らないんですが、僕があの家にしょっちゅう顔を出していた頃、その、妹、というひとと交流している形跡がまるでないでしょう。それにあの人、家族のことを何も話さないんです。両親は死んだ、妹がひとり、昔、庭に池のある家に住んでいたの、ってそればかりだからね。内心、心配していましたが、もう安心しました。こんな所まで追ってきてくれるんだから、あの人はちゃんと愛されているんですね。」

「うん、もちろんそうよ。」

私は言った。

「どこまででも追っていくし、いつまででも待つわよ。」

「僕もですよ。」

と彼は笑った。卑屈なところが何もない笑顔だった。このところこの人や、哲生や、おばといると私は子供の頃からずっと、漠然と感じていた正体のわからなかったある後ろめたさから解放されるような気がした。新しい事実と共に、新しい自分がやっと普通に呼吸しているような気持ちのいい感じだった。だから私は彼がもういちど、上手なタイミングでおばにめぐり合って、きちんと話ができるといいな、と思った。いつのまにかたってしまった時間が、ただでさえ彼には気を許しているおばの心を溶かしたかもしれない。それならば何もかも問題なしで、2人は幸せになれるかもしれない。

いつの日か彼はあの恐ろしい家に手を入れ、粗大ゴミのトラックにあのゴミの山を持って行かせ、窓や門は修理される。あの家は、新居として生まれ変わるのだ。そこでおばと正彦くんは共に暮らす。お互いのやりいいように、好き勝手に楽しく生きている。庭木は整えられ、陽が射すベランダには子供もごろごろいる。もしも、私と哲生が姉弟としてではなくそこをたずねてゆけたなら、そこだけでは、私とおばは当然のように姉妹として話をすることができたなら……それは何だかあまりに遠すぎて、あまりにも障害が多すぎて、まるで楽園のようにはるかに光ったイメージに思えた。……もちろん、ものごとは明るければいいというものではないけれど、その光景はあまりにもありえなそうにまぶしすぎて、何だか祈りのようだった。一瞬、私はつよく思った。それは許されることだ、そういう日は来てもいいはずだと。

「30分もしたらご飯がたけるから、そうしたら朝食だからね。」

私は言って、台所を出た。何だか頭がはっきりしないので、もうしばらくふとんにもぐり込んでいたかったのだ。

「はい、仕度しときましょう。」

と正彦くんは笑った。

☆

朝食時に顔を合わせたとたん、反射的に私も哲生も姉弟の精神状態を胸の奥から同時にするりと引っぱり出した。そっちの方が長年築きあげてきた顔でよっぽどゆるぎないものだったので、少しも照れもしなかったし、気まずくもなかった。どんな不倫なんかよりも完璧に自然だった。おかげで私は同じように知らんぷりしている自分を棚に上げて、内心少し不機嫌になってしまったくらいだ。

帰りの列車で私は乗ったとたんにシートに沈み込み、口を開けてひたすら眠ってしまった。駅に止まってもいちいち目も覚めやしなかったが、途中、1度だけうっすら起きた。

その時、哲生と正彦くんが小声で話していた。私の隣りに哲生がいて、正彦くんは向かい側の席にいた。私は窓に頭をもたれさせて半分眠ったまま、2人の話をぼんやり聞いていた。

「もし僕より先に彼女と連絡がとれたなら、本人が教えるなと言っても、僕に知らせてほしいんだ。迷惑はかけない、頼む、そうしてくれないか。もう、君達以外に手がかりがないんだ。」

正彦くんが言った。この件に関しては一応部外者である哲生は、しばらく黙り込んだ。ほんの少し触れている足のぬくもりが、そのためらいを私に伝えた。哲生は責任の取れそうもないことは決して引き受けない。

「いいよ、そうしてやる。」哲生は言った。「住所を教えな。」

正彦くんは黒く美しい手帳にさらさらとメモを書きつけ、破って哲生に渡した。

「大丈夫だよ。ゆきのおばさんもバカじゃないから、きっと近々、ちゃんと会ってくれるようになるよ。うん、そう思うな。」

哲生が笑った。正彦くんは明るい瞳を哲生に向け、

「君が言うと、何だか本当にそうなりそうだ。」

と言った。

走る窓の外はずっと、濃淡がくっきりと分かれた田畑が続いていた。さっきからちょうど私の顔が向いている空の、変わらない位置に太陽が見えかくれして光る雲に鮮やかにとけるようなのを、私は薄目を開けて見つめていた。

☆

寝ぼけたまま降り立った昼ちかくの上野《うえの》駅は、異国のようだった。すべてが淡い陽に満ちてぼんやり感じられた。

正彦くんは、それでも明るい笑顔で手を振って去っていった。上野に着いてはじめて、その背の高い後姿が人波にまぎれてゆくのを見ながら、ああ、あの人は本当にかっこいい人なのかもしれない、と思った。それにしてもまだ眠かった。ふらふらして、人々のざわめきも、アナウンスの声も、妙に透明に遠く思えた。私はその中を、哲生の陰にかくれるようにして歩いていた。このまま電車に乗り、「弟」といっしょに家に帰りたかった。ベッドの上にこの重い荷物を投げ出し、洗濯物をすべて風呂場の籠《かご》に突っこんで、疲れた疲れたと笑いながら食卓に向かってTVを見て、父や母と話をして、会わなかった間の距離を一挙に埋めてゆきたかった。そして、ぐうぐう眠る。眠る頭の中に、哲生が廊下をばたばた歩く足音が聞こえてくる……ホームシックだ。その妄想はめまいがするほどの迫力に満ちていた。

しかしそういうわけにはいかない。

「軽くめしでも食うか。」

大きなパンダの像の脇《わき》を通りながら、哲生は言った。

「そうね。」

と私は言った。あまりに混んでいる構内がうっとうしく、ますます私をぐったりさせた。

「街中に出るか。」

「うん。」

改札を抜け、ずっと公園を抜けていった。古い建物が緑に囲まれて鈍く光って見えた。吹いている風はもう、すっかり初夏の明るい匂いがした。風にまかせて揺れる緑の並木が、アスファルトの道に淡い影を落としていた。あまりにも広い公園の、そこかしこに平和な人々が集っていた。私達は黙って歩いた。

——別れたら、今度会う時は家の中だ。いつものように生活の中で顔を合わせるのだと思うと、心の中に強い風が吹きぬけてゆくようで、どうしていいかますますわからなくなった。恋は恋という生きもので、別物なのだ。もう、止まらないのだ。

「何、食うよ。」

哲生が振り向いた。

「くろふね亭。」

と私は、行きつけの洋食屋の名を言った。

「よーし。」

と哲生はまた歩き始めた。長い石段を降りて、街に出る。ふいに車の音がうるさくなる。はためから見たら小旅行帰りのカップルに見える私達の姿が、店の透明なドアに映って幽霊のようにはかなく歩いてゆくのを見ていた。

こいつは受験の世界に戻れていいな、と私は歩く哲生の淡々と揺れる肩を見つめて思った。この子の歩くところを後ろから見ているのが好きだった。彼はいつもあんまりしっかりした足どりなので少し悲しくなる。この、伸びた背すじ、少し外股《そとまた》に歩く広い歩幅、大きな肩、しっかりとした腕。ひとつひとつを見てただ歩いていたら、この世には哲生と私しかいないような気がした。こんなにたくさん歩く人々も、車も、雑然とした街も、そしておばでさえも、今この時はみんな、ないもののように思えた。哲生だけだ。

今までのどのような恋も、こんなふうに風景を消し去ったことはない。

☆

食事中、ずっと黙っていた。テーブルクロスにひじをついて、哲生も考えごとをしているように見えた。私はフランスパンをとても細かく手でちぎり、ゆっくりと食べた。食事が終わらなければいいのに、と思った。

「おまえ、家に戻るんだな。」

哲生がふいに言った。

「え？　今日はまだ帰らないわよ。」

びっくりして私は言った。まるで何かを問いただすような、先を急ぐようなその口調に、彼の若さがにじみ出ていた。

「ちがうよ、その後。」

哲生が言った。

「戻るわ、他に行くところなんてないもの。」

私は言った。胸が奥底の方からどきどきしはじめたのがわかった。きちんといすにすわったままで、食べる手を止めもせずに哲生は言った。

「じゃあ俺は、大学受かったら家を出るよ。」

私は黙った。

「少し遠めの大学に行けばいいわけだ。必然的に家を出ることになるだろう。いろいろ面倒になるけど、時間をかけてやっていこうよ。それでいいと思うだろう？」

今までやってきたことの全部、そこから得たものの全部を込めて、哲生は私に気持ちをぶつけて来ているのがわかった。そんなふうにされたら、気の迷いよ、とあしらえなくなってしまう。そのことを彼は知っている。今まで彼は何もかもを手に入れて来たのだから、自分が本気で何かを言う時、人がそれをはずせないやり方を心得ている。その傲慢《ごうまん》さが生まれてはじめて私に向けられた時、心の中の幾層もの思いの中でたったひとつの、姉よりも女よりも深い何かが反応した。

それは慈悲、ということに近かったのかもしれない。何だか、かわいそうだった。

何だか、痛ましかった。あんなに両親に愛されて育ったのに私なんか好きになっちゃって。私はテーブルの上にある哲生の手を取った。哲生は少し驚いて私の手を見ていた。思わず、そうしてしまった。彼の手は子供の頃と同じように固く、あたたかかった。

「いいよ、私が出ても。」

その時、私は本気だった。それもいいかな、と思った。おばの家に移り住み、おばと暮らすこと、暗い廊下のことや、夜をわたってゆく風や木々の音のこと。あの、甘い横顔、ピアノの音色、にじむ月、緑の香る朝の光のこと……私にはそんな未来の様子がぱあっと浮かび、それを心から肯定した。それはそれでなかなかいい未来だった。そうやっておばといる私の、その時、その気分さえもあたりまえのことのようにとてもよくわかった。多分それは、もうこの世にいる可能性がなくなってしまったもうひとりの私が垣間《かいま》見たひとときの夢だったのだろう。その証拠に、哲生に言われてしまった。

「ちがう、逃げるな。」

どきりとして彼を見つめると、哲生は悲しそうな瞳をしていた。

「それとこれをいっしょにするんじゃない。俺が家を出るのと、おまえが出るのとじゃわけがちがうんだ。」

「わかる。」

私は言った。彼はおびえている、そのことがよくわかった。哲生はグラスの水をごくごく飲んで、言った。

「今回おまえが家出した時、気が気じゃなかった。もちろん親父もおふくろもそうだったろうけど、俺は動揺して気が変になりそうだった。」

　単なる正直さじゃなく、もっと意志のある正直な感情を人がさらけ出すところを、自分も含めてこのところずいぶん見た。たとえひと時のきらめきでも、移ろうものであっても、瞬間にすべてを込めた信じるまなざしが訴えかけるそのことは心を動かす。哲生はまっすぐに私を見続けたまま言った。

「俺の今までの、いろんなことをやってきた歴史のもともとは、全部おまえに対する煩悩を追い払う手段だった。まあ、そのうちにやってることの方が面白くなっちゃって、もともとの理由なんて忘れてた時が多いけどな。昔から、おまえは姉なんかじゃなかった。家の中をうろつく憧《あこが》れのお姉さん、というのに近い。ずっと、そうだった、それ以外の目で見たことがない。もともと知ってたんだからな、こっちは。おまえが一生気づかなければ多分、弟としてやっていけただろう。そんな話はいくらでもあるからな。でも、おまえは何だか知らないが思い出してしまった。おふくろの様子がおかしくなって数日後におまえが出ていっちゃったから、今度こそぴんと来た。」

「今度こそって？」

　私は言った。

「昔、いっぺん電話しちゃったことがあるんだ。」哲生は笑った。「おまえ、よく家を空けたじゃないか。2、3年前のことだったかな、おまえが3日くらい帰ってこなかった時、ゆきのおばさんとこに。」

つられて私まで笑ってしまった。想像するだにおかしかった。

「何かすごくどきどきしてさ、なんでだかそう思い込んで、どうしようどうしよう、ついにばれたんだ、もう戻ることはないかもしれない、とか真剣に悩んじゃってさ。それで、電話してさ、ゆきのおばさんに『弥生、いますか？』って言った。心臓が爆発しそうだった。これから大変なことが始まるぞっていう意気込みでね。そしたら、おばさんが『……どうして？』って言うの、すごくおかしかったなあ、恥ずかしかったしな。自分の早とちりだってことがわかって、もう、何も言えなくなった俺に、あの人がくすくす笑ってじゃあね、って切った時、もう全部ばれたっていう気がした。ゆきのおばさんってそういう何でも見透しちゃうようなところあるよな。……実際に起こってみると、心構えができていたせいか、こんなの何てことないものなんだな。悩んで損した。」

「軽井沢に行かなかったら。」言葉が口をついて出た。「だめだったと思う。いっしょに行かなかったら。」

「……そうだね。何もかもが上手に回って、何だか勢いのいい夢を見ていたようなんだ。」

哲生が言った。細めた瞳が優しかった。私は哲生と、それから私の目の前にあるオレンジジュースの色の美しさを同時に見ていた。濃密でしかも風通しの良い、輝くような恋の感情が2人の間の小さな空間に満ちていた。

「夏が来るからっておかしくなってるわけじゃないわよね、私達。ずっと、こうだったよね。」

私は言った。確かめたかった。

子供の頃から。

他の人と比べるたびに。

この子でないと思うとつまらなかった。

「あたりまえだ！」

と言って哲生が笑った。

「じゃあ楽しいね。これからは。」

「そうだよ、楽しいよ。」

私が言い、哲生がそう答えた。恋人同士の会話なのに、弟の顔でまた笑った。それが何だかこたえられないくらい甘ずっぱかった。待っていたから。同じ家の中で、知らないふりをしてずっとこういうことを待っていたから。

駅で別れた。私はおばの家のある方へ向かう電車に乗り、哲生は家へ戻る。

哲生はいつものように振り向きもせず、じゃあな、と言って階段を降りていった。私はほんのしばらく、彼の歩いてゆく後姿を見ていた。彼の背すじはまっすぐに伸び、腕は歩調に合わせて迷いなく振られていた。

私は彼がどんなふうにまっすぐに前を見たまま、その少ししなった背中の線と大きな歩幅のまま電車に乗りこむのか、どんなふうにシートにすわり、どういう顔をして窓の外を見るのか、目を閉じてもわかった。ずっと一緒にいた3日間が、はるかな残像のように胸にしんと響いて消えなかった。ただ甘くもの哀しい成就の手ごたえだけが、心の底を静かに流れているのを感じた。

☆

へとへとだったが、心は冴えていた。だから陽光に照り映えるおばの家を道端から見上げただけで、ああ、戻っていないんだとわかった。半分予期してはいたが、がっくりした。何も考えられなかった。

とにかくたどりつき、カギを開け、古いノブをひねり、私はしんとした家の中にあがった。家中がひっそりとまるで夜中のように静かだった。私は深いため息をつき、部屋へ荷物を置きにいった。そして新しい服をそろえて、熱いシャワーを浴びた。

湯舟にすわりこんで私は、すべての疲れが一滴残らず流れてゆくような気がした。降り注ぐお湯の中でぼんやり考えた。これからどうしよう、少し眠ろうか、と閉じた瞳の裏で思った。それでも浮かんで来るのはおばの姿だった。そして胸を占めていた光景はやはり、おばが軽井沢の台所のテーブルで……うん、たぶんあそこにすわって書いたのだろう。そんな気がした。髪をテーブルの上に落としてさらさら言わせながら、いいかげんな気持ちで私にあてて手紙を書いているところだった。私にあてて、来るかどうかわからない私のことを思い浮かべて……私は、おばの旅行をむしょうに止めたかった。ここでつかまえないと、あの人は一生こんなことばっかりやってるように思えた。そんなことだけじゃないんだ、と教えてあげたかった。

湯気の中で私は、おばを呼んでいた。視界が曇り、お湯にうだった手足が気だるかった。もうなすすべはないはずなのに、濡れた髪のままですわっている私の心はまだ、おばを捜し求めていた。

風呂から出た私はあきらめきれずに、もういちどだけおばの部屋のドアを開けた。湯上がりで頭がくらくらしていたが、今ならまた違ったものが発見できるかもしれない、と思って部屋へ入った。

室内は出た時のまま散らかり、床は足の踏み場もなかった。換気をしていないので部屋中がむっと暑かった。私は窓を開け、午後の明るい風を部屋に通した。闇のように濃かった空気がいちどきに明るい屋外へ流れてゆくのを感じた。

私は、はじめてその部屋に入った時のことを思い出した。まだ小学生で、冬で、おばがピアノを弾いていた。ピアノの音を聞いた、それは、ついこの間の眠りの中だったことを私ははっきり思い出した。あの夜、おばはひとりここでピアノを弾いてから、眠り……いや、眠らなかったのかもしれない。そして、旅に出てしまった。タンスをひっくり返して、持ってゆくものを乱雑につめこんで、どうしても旅に出たくなってしまった。翌朝、顔を合わせる妹としての私から逃げるために。──私はピアノの方へ歩いていった。音楽室にあるような大きなピアノ、すわりやすそうな木のいす。私はピアノが弾けなかったが、そこにすわってみた。重いふたを開け、象牙《ぞうげ》色の鍵盤《けんばん》に触れて音を出してみた。深く、きれいな音色が静まりかえった家に澄んで響いた。

ふたを閉めて立ち上がった時、私はピアノの反対側の足のところに落ちている小さな本を見つけた。

そして、わかった。

ああ、どうして思い出さなかったのだろう。私は貴重な宝物のようにそうっと、それを拾い上げた。間違いなかった。それは、青森のガイドブックだった。そうだ、あの日おばは遠いまなざしをして語ったのだ。

「……家族最後の旅行になってしまった。青森へ行ったのよ……。」

はじめおばは行くつもりがなかったのだと思う。軽井沢で衝動的に正彦くんに電話をしてしまった後、突然いろいろなことが視《み》えてしまったのかもしれない。そして、どうしても行きたくなって……ガイドブックの「恐山《おそれざん》」のところに印があった。それはとても古い本で、多分、私とおばの父親のものだったのだろう。大人の筆跡で宿の電話番号や、1日でたどるコースなどが細かくメモしてあった。かすれた万年筆の文字を食い入るように見つめ、紙の匂いのするその本をそっとなでた。「お父さん」だ、と私は思った。お父さんの字だ。確かにこの世にいたことのある人の残した痕跡だ。

そして、本を大切に抱えて部屋を出た。今度こそいける、と確信した。この通りのコースを行き、宿を訪ねれば必ず会える。そして、荷物を引っぱり出し、階下へ降りていったら、電話が鳴っていた。

誰からのものにしても、重要に違いなかった。私はあわてて台所に走り、鳴り響く受話器をつかみ取った。すると、

「もしもし。」

と、母の声がした。私はとたん、大泣きしそうになった。理性や事情を超えて、私の疲れた頭にその声はしみてきた。初めて外泊した時も、受験に落っこちた冬の日も、受話器の向こうにあった声だった。瞬間、母の声が無条件によみがえらせたのだ。

「お母さん？」

私は言った。のどがからからした。

「あら、弥生。何やってるかと思ってかけてみたのよ。遊んでないで、はやく帰ってらっしゃいよ。お父さんがすねて大変なのよ。」

多分、いろいろなことを悩んだであろうここのところの胸の内を全く見せずに、母はけろっとした明るい声でそう言った後、おばの名を呼んだ。

「ゆきのは？」

「うん。」私は言った。「今、ちょっと買物に出てるの。何か伝言があったら伝えておくわよ。」

「ううん、いいのよ。それよりあんたよ、待ってるからね。それじゃあね。」

母の表情も、立っている廊下の位置や、壁の木目までがリアルに浮かんできた。

「私、もう2、3日で帰るから、絶対。ごめんね。もう気がすんだ。楽しかったわ。」

と私は言った。今回も、これからも悲しませることばかりなのかもしれなかった。その時ちょうど電話の向こうでドアの閉まる音がして、ただいまあ、と哲生が帰着した声が聞こえてきたのだ。

「そうよ、本当に、待っているからね。」

と、母がもういちど、静かな声で告げた。

「うん、すぐに帰る。」

と言って電話を切った。少し淋しい色をした余韻を振り払うように私は立ち上がって玄関へ急いだ。荷物を抱え、駅に急いだ。陽はまだ高く、曇り空が目にしみるようにまぶしく見えた。

青森へ向かうのだ。

☆

盛岡《もりおか》に向かう新幹線は、鈍い光の中に広がる見なれぬ風景をどんどん追いこしていった。あまりにも肉体が疲れきっていて、私はほとんど眠っていた。何度目覚めても少しも目的地に近づいていないように思えた。

今度こそおばに会える。

そう信じていた。何もかもを押しのけて、私は今、おばに向かっている。眠い体のすべての感覚が開いているようで妙に心地よかった。

先は見えなかった。今はただ、甘かった。それでいいと思った。いかりは上がり、帆《ほ》をふくらませたばかりなのだから、しばらくはただ美しい波や空を見て幸福でいよう。それは許されることだ。

家に帰れば、私の好物をそろえた夕食の席に、父は会社を早退してでも帰ってくるだろう。それから、母にはきっと部屋の掃除をさせられる。そしていなかった間に咲いた花の解説を聞かされるだろう。そしてすべてがもと通りに回り出すまでにそれほどの時間はかからない。私の中で起こったこの変質は年齢を重ねてゆくことに吸いこまれてゆくだろう。ああ、ほんとうに、わからないままでいいことなんてひとつもないのだ。

……ほっとしていた。何もかもやっと、なんとかなるという気がした。自分の手で何とかできるという気分はここのところの手さぐりの日々のうちにはまるでない感覚だったのだ。今、私はすっかりそれを取り戻していた。北に近づいてゆく車窓は、夢のようにぼんやりと光って見えた。シートに沈み込んだ体が動かない。すいた車内にかすかに響くレールの音と、乗客の声が耳の奥に同じトーンで流れ続けていた。ずっと、電車の中にいるわ……と思っていた。揺れが体にしみこんでしまいそうだ……眠っていたのかもしれないし、くっきりと見ていたのかもしれない。昔のことばかり思いすごしたこのところの日々のせいで、そしてさっき「父」の文字を見て、

私は、本当に思い出しはじめていた。

☆

「明日、青森に行くんだよ。持ってゆくものがあったら、このリュックに入れていいよ。」

か細い手で姉が赤いリュックを差し出す。私は、旅行が楽しみでないわけではなかった。それでも、あんなに悲しい夕方はなかった。今、思ってもぞっとするような深い悲しみだった。私はとにかく心もとなくて、淋しくて、髪をとかす母にまつわりついていた。何もかもをその小さな手の中に握っていたかった。後から後から湧いてくる悲しい気持ちを食い止めようがなかった。

「はい、はい、わかりました。弥生に編んでもらうわね。」

と母は笑った。そう、ゆっくりと話す人だった。その低い声の深い響きを、背中に耳をつけて聞いていた。甘い香りのする長い髪を、不器用な子供の手で三つ編みにした。母は鏡の中で嬉しそうににこにこしていた。

「お父さんは？」

私は言った。父がその場にいないことがただ不安だった。たたみは古びていて、広い縁側があった。まぶしい西陽《にしび》の中、庭と池が沈んだ色彩に映っているのを見ていた。

「旅行の買い出しに行ったわ。また、余計なものをたくさん買ってらっしゃるわよ。弥生におみやげもあるかもしれないわね、お父さん、デパートに行くの久しぶりだから。」

母が言っても私は喜べず、はやくかえってこないかなあ、と言いながらなぜか涙ぐんだ。その予感はその時の、秋の夕暮れにとてもよく似ていた。胸の奥まで西陽が射し込んでくるようだった。

「あら、何を泣いているの、この子は。」

母は自分も泣き出しそうな瞳をして、私のほほを両手で包み込んだ。ますます熱い涙が止まらなくなり、私はしゃくりあげた。母が私を抱きしめて、何かあったの？　と優しく言った。人が泣いていると自分も悲しくなってしまうような、そういう、ただやさしい人だった。

「弥生？」

私の後ろから声がした。振りむくと、姉が立っていた。

「私と散歩にいこう。それではお母さんいつまでたっても仕度ができない。」

私はうなずいて立ち上がった。母が姉におこづかいを渡して、何か買っておいでと言った。

そのさいふの柄を覚えている。黒地に小さな薔薇《ばら》の花がついていた。

「お弁当までには帰っておいで。」

と母が言った。父はデパートで弁当を買うのが好きで、種類の違うのをいくつも買ってくるはずだった。それを、庭にランプを出して夜のピクニックみたいに食べるのだ。よく父は庭でそのまま眠ってしまった。3人で父を運ぶか、母が庭にふとんを敷いてしまうか、どちらかで、どちらもものすごく楽しかった。姉はよく眠る父の顔に情け容赦なくマジックで落書きをしたが、父は怒りもせず鏡を見てにこにこしていた。そういう人だった。眠る姉の顔に筆でひげを書いて仕返しをしたりもしていた。彼はそう、確かその時、新しい車を買ったばかりだった……だから、車で出かけることになったのだろう。

私はその「夢」の中で、完全に子供のころの自分に同化していた。過去を全く同じように追体験したのだ。すべてが泣き出したいほどなつかしく、胸にせまってきた。

すごく赤い夕暮れだった。

秋空を染め上げる朱色の雲が、はるか街並に向かって続いていた。姉に手をひかれて、木の門を出ていった。年がうんと上の彼女といると、世界中が穏やかに映った。何もこわくなかった。あとでピアノ弾いて、と私は頼んだ。姉の弾くピアノが大好きだった。夕空を背にして、風に吹かれてにっこりと微笑んだ姉の大人びた笑顔に、その手のぬくもりに悲しい気持ちをすっかりあずけた。

あの町はどこにあったのだろう。

古い商店街があった。せまい路地にぎっしりと夕方の店々がにぎわっていた。魚屋も、八百屋も、乾物屋もあって、いろいろな声や匂いがごちゃごちゃに混ざりあっていた。子供の視点から、まぶしいライトが並び光るその雑踏を見上げていた。手をつないで歩く私達に、見なれた大人達が声をかけた。ゆきのちゃん、やよいちゃん。頭をなでる手や笑顔のぬくもり。わけもなく悲しく、みんな優しかった。

ああ、あれほど美しい夕方の中、私の小さな心いっぱいにその予感は満ちていたと思う。

その日以来、家族はもう2度と、その幸福な生活を営んでいた町に戻ることはなかったのだから。

☆

東北本線の野辺地《のへじ》に降り立ち、恐山へ向かうタクシーに乗った時は、もう夜が近かった。私は1日のうちにあまりたくさんの距離を移動したので何だかすべてが麻痺《まひ》してしまい、目に映る何もかもが車窓の中に移りゆくのを、映画のようにただ眺めていた。車は初夏の山道をどんどん登っていき、深く暮れゆく空の色がとてもきれいに見えた。透明で明るく、はるかに遠い緑の山々の向こうに果てしなく続いていた。

とにかくおばを捜さなくてはという気持ちのあせりが、風景の中に静かに溶けてゆくのを感じていた。いくつものカーブを曲がり、どんどん奥まってゆく山の登り坂に傾きながら、確信はますます近づいていた。必ずいる、もう、すぐ近くにいる。それでも心は不思議と安らいでいた。沈んでゆこうとしている陽の光が、タクシーの窓から手足に降り、何もかもが何だかとても透明だった。

その時、運転手の鳴らした小さなクラクションの音に、ふと前を見ると、少し先の方の道ばたに水飲み場があるのが見えた。そして、やけにあっさりとそこにはおばが立っていた。

「あれは何ですか。」

と私がたずねると、

「湧き水ですよ、降りてみますか？　とてもおいしい水ですよ、冷たくて。」

と運転手が言った。おばは車が走って来ていることなんか全く気にもせずに、ひしゃくにくんだ水をごくごく飲んでいた。まるでそのへんから散歩に来たみたいに手ぶらで、長い紺のスカートを風になびかせて、平然としてひとり立っていた。

「はい、ちょっと降ろして下さい。」

私は言って車を止め、降りたった。風が涼しかった。やっと、会えた。

すぐにおばは私に気づいた。道を登って近づいてゆく私を見ると、ひしゃくにもういっぱい澄んだ水を受けていた手を休め、ゆっくりとこちらに向きなおって微笑んだ。ぞっとするほど鮮やかな笑顔だった。今まで見た中でいちばん美しい姿だった。切りたった崖《がけ》と山道の中で、彼女はその深い緑の風景を呼吸しているようだった。とてものびのびとして、幸福そうで、ひとまわり大きくさえ見える気がした。風の中で、時間が止まったようにそうして微笑んで、

「来てくれたのね。」

とおばは言った。

「いつ帰ろうか、決めかねていたの、弥生。」

甘い声だった。私もゆっくりとおばの前に立ち、心地良い風に吹かれてその瞳を見ていた。

ちょろちょろと水音が響き、足元を流れてゆく。

「いっしょに車に乗って、恐山へ行ってみよう。」

と言って私は後方に止まっているタクシーを指した。

おばはうなずいて、持っていたひしゃくから水をゆっくりこぼした。そしてから、ともとの位置にたてかけて、車へ向かって歩きはじめた。


となりにすわって、おばは言った。

「あの日も、こうして弥生が横にすわっていたわ。」瞳が夢のように遠かった。「現実にあったことだなんて、何だかとても信じられないわ。」

「家族で、恐山へ行くはずだったの？」

私は言った。

「そう。そして結局、たどり着けなかった。」

おばは言った。髪に隠れた横顔の、唇だけがその悲しい言葉を発音するのを見ていた。私にはもう、想像ができた。こうして走る車の中に、家族4人が確かにいた。前のシートには父と母が、後ろには私達が。山道をぐんぐん登ってゆく振動の中で、最後の楽しい会話を寸前まで交わしていたに違いない。今ははっきりと浮かぶ。父、のおだやかな深い瞳も、母、の肩の線の柔らかだったことも。

「ほら、この辺が事故現場よ。何か、感じる?」

おばは笑った。車は数秒でそこを通り過ぎ、

「何も感じない。」

と言って私も笑った。実際、何も感じなかった。ただ、西空の山々の縁がかすかに輝き、空に淡いピンク色の影が残っているのを見た。きれいだった。

湖のほとりにある赤い橋のところにタクシーを待たせて、私とおばは恐山の門に向かって歩いていった。

☆

どうしてこんな所を家族でおとずれようと思ったのだろう。すべてが不思議な光景だった。異世界へ迷い込んだようだ。果てしない立体にそびえる丘には、たくさんの地蔵が立ち、甘い青をした夕空にくっきりと浮かびあがっていた。無数の卒塔婆《そとば》が揺れ、カラスが舞い、荒涼とした白い溶岩の草もない地面に、イオウの匂いが強く漂っていた。

ふいにめぐりあえたおばが横にいることが、まだ信じられなかった。ただ私達は歩き、無数の像に出会った。人はまばらで、遠くをゆく人影は岩にまぎれておもちゃのように小さく見えた。いくつものお堂が、広大な荒れた大地に影を落としていた。道にかがみこむようにしてある地蔵には、たくさんの色とりどりのボロきれのようなものが巻いてあり、人間のようにに見えた。あちこちに不自然な形で小石が積まれて、すべてが妙にしんとしている。何もかもが夢の中のようだ。振り向くと背には緑の山々がそびえていた。あちこちに蒸気が吹き出す、灰色のごつごつした岩の中を登っていった。景色は登るにつれて開け、空も次第に暮れていった。小さな山のてっぺんの、背の高い地蔵の足元に、おばは腰を降ろした。

「どこにでもすわっちゃうのね、いつも。」

私は言って地蔵によりかかった。話すことはもっと他にたくさんあったはずだったが、何だかもうどうでもよかった。ただ2人並んで遠近を失ったグレーの景色を見つめ、涼しい風に吹かれていることだけが幸福なことに思えた。

「そうよ。すわるのが好きなの。楽だから。」

おばは言った。風でむき出しになった額が幼い頃の顔立ちを思い出させた。

「私、お父さんとお母さんの顔、思い出したよ。」

私は言った。

「……そう。」

おばは言った。優しい瞳をしていた。カラスが黒い翼を広げて、ゆっくりと飛んでゆくのを見ていた。

「弟もいっしょに来るかと思ったわ。」

おばは言った。

「やはりここには、血族だけで来なくてはね。」私は笑った。「でも、さっきまでいっしょにいた。それから、正彦くんっていう人もね。」

「ああ、やっぱり追ってきてしまったのね。番地まで言ってしまったものね、私。どうしてかしらね。」

おばは微笑んだ。

「あの人のこと、好きなの？」

私はたずねた。

「うん、好きよ。」

「……じゃあ、どうして避けるの？」

「相撲《すもう》とりが好きだからって、あなたいきなり相撲部屋のおかみさんになれる？」

「そのたとえ、ちょっと極端じゃないかなあ。今はあの人はもう、高校生ではないのよ。」

「そう……高校生だったの。会った時。楽しかったなあ。」少し首をかしげておばは思い出すようにつぶやいた。「夕方、ひとりでピアノを弾いていたの、あの日。夢中で弾いていたら、ノックの音がして、はっと気づいたらいつの間にか窓の外がまっ暗だった。は一い、って答えたら、失礼しますってあの子が入ってきた。」

暮れる空が藍色《あいいろ》を重ね、残光がかすかに西の空を彩る。彼岸の景色に影が落ちてゆく。

「顔が好きだったの。だから、あの子のことはよく見ていた。それから歌う声が好きだった。いっしょにお茶を飲みに行って、あの子が学校の七不思議の話をして、私がこわがって……

送ってくれるっていうから、ずっと公園を抜けていったわ。夜の緑の中で急にキスされて、好きですって言われたの。」

「とんでもない高校生だ。」私は心からびっくりしてそう言った。とんでもない話だ。しかし気にもせず、おばは、うっとりと続けた。

「……嬉しかったなあ。顔が好きだったから。そう、あの日からはじまったの。」

「もう、戻れないの？」

私はもういちどたずねてみた。

「そのつもりだった。何だかずっとむしゃくしゃしててね。でも、今はもう違う。妹と、ここに立って。」おばは立ち上がった。「昔、見るはずだった、見ていなかった景色も見た。別にこだわっていたわけではないけれど、何だかすっきりしたわ。彼とも仲直りしようかな、っていう気分になった。」

正彦くんの笑顔が浮かんだ。はじめて会って、いっしょにカレーを食べたり、ビールを飲んだり、電車に乗ったりして仲良くなったあの男の子。

「ねえ、弥生。湖の方へ降りていってみよう。あそこに見える浜は、極楽浜《ごくらくはま》っていうんだよ。」

おばは歩きはじめた。私もついていった。

ずっと坂道を下ってゆくと、古びたお堂の暗がりの中に、大きな地蔵がひそみ、おもちゃや、衣類や千羽鶴《せんばづる》が山積みになっているのが見えた。そこの前でおばはちょっと立ち止まり、奥の地蔵を見た。穏やかに目を閉じたその姿に向かって、おばはポケットに突っこんだ手でじゃらじゃら鳴る小銭を1枚取り出し、お堂の中にちゃりん、と投げた。そして片手をごめん、というように顔の前にあげて通り過ぎた。何か言いたそうにおばを見ている私に向かって、おばはちょっと笑って、

「聞いたんでしょ、水子。」

と言った。

「やっぱりそのことがいちばん引っかかってね。別れなきゃいけないかなってね。」

青に沈む湖は、山々を背にしてひっそりと澄んだ水をたたえていた。突然、足元は岩から、さらさらの白い砂になり、夕闇の空にぼんやりと浮かんで見えた。景色はふいに開け、積まれた石だけが地獄の名残《なごり》を留めていた。

「本当に極楽のように美しくて静かだね。」

と私は言った。淋しい光景だった。神がかってさえ見えた。しんと開けた浜に、吹きわたる冷たい風と、さらさらゆれる湖水。はるか光る空には一番星があった。少しずつ、闇が近づいてきて、おばの輪郭をあいまいにした。それでも今、私の姉は確かにここにいて、私と

同じく、心の中でこの美しい光景に向かって手を合わせていた。

「長かったね。」

ぽつりとおばが言った。

そうだ、今、やっと何かがひとつ終わったのだと私は思っていた。心が洗われたように澄みわたっていた。

「来てくれてありがとう。あなたの行動力を私は称《たた》える。」おばは言った。伏せたまつ毛で岸に満ちる水を見ていた。私とそっくりな形をした指で、前髪をかき上げた。「気にしていないようで、あなたのことをずいぶんと気にしていたのがわかるわ。思い出してくれて、嬉しかった。」

「なんだか、ずっとおばさんといたみたいよ、ここのところずっと。」

私は言った。おばは細めた瞳で私を見てふふ、と笑い、

「うそおっしゃい、弟といたくせに。」

と言った。そうだ、哲生ともいた。長い夢から覚めたように、いっしょに旅をした。

「うん。」私はうなずいた。「短いけれど、不思議な日々だったな。」

もう、2度とない、貴重な。1度きりの。

「旅だったね。」おばは言った。「私は、もう大丈夫。だから弥生、もう、お家《うち》へお帰り。」

「うん。」

私は答えた。家へ帰るのだ。厄介なことはまだ何も片づいていないし、むしろこれから、たくさんの大変なことが待ちうけている。それを、ひとつひとつ、私が、そして哲生が乗りこえていかなくてはいけない。それは不可能なほど重々しいことに違いない。それでも私の帰るところはあの家以外にないのだ。運命、というものを私はこの目で見てしまった。でも何も減ってはいない。増えてゆくばかりだ。私はおばと弟を失ったのではなくて、この手足で姉と恋人を発掘した。

風が強くなった。まるでビロードの幕がゆっくりと降りてくるように、空がだんだん暗くなり、星がひとつ、またひとつと浮かび上がる。

まるで失われた家族の淡い面影がさまようのを捜すように、私とおばはしばらくそのまま無言で、暗い湖をのぞんで立ちつくしていた。

あとがき

このまま健康さえ上手《うま》くいけば、けっこう沢山小説が書けそうです。もちろん、脳の方の健康も含めてなので、ちょっと危い気もしますが、そのスリルが作家を走らせるのだ。

そしてどうせなら、自分の中にあるものを全て送り出してあげたいと思います。そういう意味で、この小説は私の中の「ある方向性」の卵だと思います。今はまだ、何が何だか形になっていないけれども、後で振りかえると、この作品は未熟すぎるけれどきっと大切で、愛《いと》しいものになると確信しています。しかも私は昔から角川映画が大好きで、「読物」にあこがれているので舞台も完璧です。足りないのは実力だけだ！　なので、精進《しょうじん》を誓います。

それから、私はこの仕事でかけがえのない友人をたくさん得ました。この場を借りてその人達にお礼を言います。

カバーイラストを描いて下さったことが、まだ夢のように思えます。敬愛する音楽家、原マスミさん。

名曲「夏の夕暮れ」の歌詞からタイトルを借りました、友人で音楽家のさねよしいさ子さん。

角川書店の星、中西〝ナイスミドル〟千明さん。

気づけば大変苦労をおかけした、「野性時代」の高柳良一さん。

そしてこの仕事に朝も昼も夜も失くして取りくんでくれた、いちばんえらい人、角川書店編集部の石原正康さん。

何度もだめかもと思いつつ、本当に出版されるなんてウソのようです。その他支えて下さった周囲の皆さん本当にありがとう。いかに大変だったかが伝わるあとがきだなあ。

でも、もちろん読者の皆様はそんなことを知らずに、気まぐれに本を手に取り、装丁を楽しみ、読んでいるひと時の間だけでも日常ではない所をさまよっていただけたなら、私は誰よりも幸福な人間です。どうか、そうでありますように。

読んで下さって本当にありがとう。

では、また。

1988年　12月

吉本ばなな

☆

☆

文庫版あとがき

発表時、未完成ということを完成としたこの小説を、今回せっかくの機会なのでかなり直しました。

私には私なりの「哀しい予感・完全版」があり、それに少しでも近づけたつもりですが、元の方が好きだった人にはごめんなさい。

それにしても我ながら、うっとりだのしっかりだのすっかりだの、嬉しいだの悲しいだの美しいだのがあんまりにもどっさりあってぐったりしてしまいましたよ。

若かったのですね。

タイトルをお借りしたさねよしいさ子さんは、今や立派なプロの音楽家としてデビューしています。すばらしい！

原画伯の描いた表紙の女性（ゆきのさん）は、今日も私の家の台所で静かに微笑んでいます。

解説は、文章がひどくかっこいい担当の石原正康さんです。ジャジャジャジャジャーン！

心からの愛をこめて、この小説を石原さんに捧げます。

読んで下さった皆様、ありがとうございました。

大好きな夏、土用丑の日、
これから古い友人とうなぎを
食べに行く幸福な

吉本ばなな拝

幻冬舎版文庫あとがき

あの、すばらしき塚本晋也さんが舞台にして下さるほどこの作品を愛して下さったおかげさまで、また文庫になりました。

ありがとうございます。

出版社、うつるうつる！　でも大好きな作品です。

石原正康さんと、この小説を書いた頃、共に暮らしていました。ボロボロの部屋で。遊びに来た山田詠美さんのダーリンが「ＯＨ！　こんなせまいとこでどうやって彼女は仕事できるんだ？」と目を丸くして言ったのがキュートだったのを、忘れられません。

さて、時は過ぎ、私は今も石原さんを深く愛しています。そして不思議なことに、石原さんの奥さんのこともかけ値なくとても深く大好きなのです。多分、そのうちやってくる二人の赤ちゃんのこともものすごく好きになるでしょう。

そして多分、彼も私の夫や子供に全く同じ気持ちを持っているでしょう。

人生はすばらしい、続けてみる価値があります。

いつも自殺という言葉のまわりを四十二年もうろうろしている私が言っているのですから、間違いありません。

よしもとばなな

2006年　10月

解説

石原正康

陸に住む人間にとって、海のなかを行くことは最高の異邦人になることだ、と僕に言ったのは、吉本ばななが憧れてやまない音楽家にして、本書のカバーの絵を描いた原マスミだった。『山に上りて告げよ』などで知られる黒人作家ジェームス・ボールドウィンは、好きなソウルミュージックを聴いて、身体に音楽を馴染ませてから作品を書いたそうだ。吉本ばななは、原マスミの歌う曲を聴きながら、原稿にむかう。CDはもちろんのこと、ライブで盗み録《ど》りしたドラムの音だけがやたらドコドコ響いて歌声などあぶくぐらいにしか聞こえないテープでもいいようだから、熱狂的だ。あとは、お茶とときどき撫《な》でられるシベリアンハスキーの犬蔵《いぬぞう》の頭があれば小説を書くには充分らしい。

「飛龍頭」という原マスミの詩がある。

空飛ぶ人間
雲の影のように
丘を駈けるよ
空を泳いで
飛んでいる鳩の背中を上から
みたよ
からだが
こころのように
自由に動けば
どこへでも
いけるよ
HALLO　HALLO
今　僕が何処にいるか
当ててみなよ

角川文庫『トロイの月』収録「飛龍頭」より一部抜粋

この曲を吉本ばなながが好きかどうか僕は知らない。けれど、京都だろうと北海道だろうと、たとえ地の果ての断崖絶壁だろうと、原マスミ・ライヴ！　と聞けば、ザイル片手にでも飛んでいく彼女だから嫌いとは言わせない。

僕はこの詩の「からだが　こころのように　自由に動けば　どこへでも　いけるよ」とあるフレーズが好きだ。そうありたいと願う気持ちもあるのだが、なかなかそうはいかない現実を知り、つらさと不自由さにじとっと攻められる。

それは吉本ばななの描く人々が背負う微熱を持った不幸と似ている。デビュー作「キッチン」つづく「満月」のみかげ、「ムーンライト・シャドウ」のさつき、「うたかた」の鳥海人魚。それぞれ、若死にした両親の代わりに育ててくれた祖母の死、恋人の死のせいで眠れなくて始めるジョギング、放蕩《ほうとう》する父に揺さぶられる娘……。彼女たちは訪れた不幸を受入れ、輝く。彼女たちは原マスミの言う、海を行く人々のようなうつくしさを持つ。

春にしても夏にしても海はうつくしく、魅力的だ。

けれど、海中を行くことはこの世で一番つらい。何が潜んでいるかわからないし、激しい潮流に出会うことも日常となる。そこでは会話ですら、無駄を許されない。本当に伝えたいことだけを心をこめて言うしかない。剝《む》き出しの魂のままに生きるしかないのだ。もっとも、泳ぐ魚の群れを見て、本心以外を語る人などいるだろうか？　彼女の作家としての心掛けも、やはりそのような厳密さを軸としている。

だから、彼女の作品は、あいまいさをひどく嫌っている。登場人物の心理やディテールの輪郭《りんかく》が読む側に届くのは、そのためである。そして、今回『哀しい予感』の文庫化に際して、多く加筆した点も、小説のなかのあいまいさを排除するためのものだった。同時に、初版刊行より3年が経とうとして現在までに、吉本ばなな自身が発見してきたものを塗り込んでいく作業でもあったようだ。

おば・ゆきのを追い、盛岡に向かう新幹線の車中に弥生はいる。謎ときがすみ、すべての人間関係を引き受けると決めた弥生に、著者はこう語らせている。

この変質は年齢を重ねてゆくことに吸いこまれてゆくだろう。ああ、ほんとうに、わからないままでいいことなんてひとつもないのだ。

担当編集者として種明しするようだが、ここのフレーズは、後で付け加えられたものだ。ゲラに書き加えられたこの一文には、作家のリアルな生の実感を感じた。彼女の前向きな姿勢を象徴していると信じている。

「哀しい予感」が書かれたのは、１９８８年の夏から秋にかけてだった。そのころ、吉本ばなながこう言ったことがあった。

「若いうちはエネルギーのあるものに魅かれていくのは当然だと思う」

なんの脈絡で彼女がそう言ったのかは覚えていない。けれど、どこかの通りを彼女の友人とともに三人で歩いているときだった。見ればビルの瓦礫《がれき》があり、空にクレーン車が聳《そび》えているところでそう言ったのが妙にぴったりきて記憶しているのである。

この作品の文庫化のために再度小説を読み返しているうちに、当時の彼女の精神状態がよく伝わってきた。彼女は作家として作品に疾走感をもとめていたはずだ。「キッチン」を発表し、「うたかた」「サンクチュアリ」を書き、マリ・クレール誌に「ＴＳＵＧＵＭＩ《つぐみ》」の連載を開始し、そして「哀しい予感」と書きつづけていたところで、自作の亜流を書くことをはなっから拒んでいた。だから、エネルギーあるものに強烈な関心を持ち、疾走感を手に入れる手掛かりを求めて目を見開いていた。別に年齢でエクスキューズする気もないが、24歳・吉本ばななの当時の五感が手にいれたすべてのことを投影させようとする企みが本作品からよく窺《うかが》える。

たとえば、「哀しい予感」の冒頭はこうだ。

その古い一軒家は駅からかなり離れた住宅街にあった。巨大な公園の裏手なのでいつでも荒々しい緑の匂いに包まれ、雨上がりなどは家を取り巻く街中が森林になってしまったように濃い空気がたちこめ、息苦しいほどだった。

「キッチン」の書き出しが、私がこの世でいちばん好きな場所は台所だと思う、とあるように、「哀しい予感」より先に発表された五作品はいずれも主人公の主観をジャンピング・ボードにして始まる。ところが「哀しい予感」は、おば・ゆきのの住む家を描写し、息苦しさや匂いといった嗅覚さえも情景描写の一手段として使われているにすぎない。これは作品を映像的に物語ろうとする意思の現れであることに違いない。また、湯舟に浮かぶアヒルのおもちゃをめぐる超常現象のシーンをワン・ブロックで描いてのけるあたりにも、映像への強い意思は感じられる。さらに言えば、単行本の装丁についても、彼女の強い意思があった。長年ひとりのファンとしてライヴに通い詰めていた原マスミに、土俵こそは違ってもデビューしたプロとして、装丁の絵をお願いしたのである。カバーの絵をちょっと見てもらいたい。この絵が上がって、寝起きでおまけに風邪を引いた画家・原マスミが早稲田のダンキンドーナツに現れ、著者・吉本ばななに絵を見せたとき、彼女は顔を紅潮させいつまでもにやにやして喜んでいたのである。

さて、3年前のことなど言っていても仕方がない。事実、吉本ばななは昨年の冬には『N・P』という、これまでの作品で一貫させた近親相姦、レズビアン、といったモチーフを集大成した作品を発表した。彼女がそうしたことを小説で麻薬的に愛してきたのは事実である。それを集大成したということは、肉として咀嚼《そしゃく》し、捨て去ったと理解している。海中を前に進むことしかできない鮫のように、吉本ばななは得体の知れないもののいる海を泳ぎつづけていくだろう。

1991年　9月

――編集者

この作品は一九八八年十二月角川書店より刊行され、
一九九一年九月角川文庫に収録されたものです。

幻冬舎文庫

●好評既刊
マリカのソファー／バリ夢日記
世界の旅①
吉本ばなな

ジュンコ先生は、大切なマリカを見つめて機中にいた。多重人格のマリカの願いはバリ島へ行くこと。新しく書いた祈りと魂の輝きにみちた小説＋初めて訪れたバリで発見した神秘を綴る傑作紀行。

●好評既刊
日々のこと
吉本ばなな

ウエイトレス時代の店長一家のこと。電気屋さんに聞かされた友人の結婚話……。強大な「愛」がまわりにあふれかえっていた20代。人を愛するように、日々のことを大切に想って描いた名エッセイ。

●好評既刊
夢について
吉本ばなな

手触りのあるカラーの夢だってみてしまう著者のドリームエッセイ。笑ってしまった初夢、探偵になった私、死んだ友人のことなどを語る二十四編。夢は美しく生きるためのもうひとつの予感。

●好評既刊
パイナップルヘッド
吉本ばなな

くすんだ日もあれば、輝く日もある！「必ず恋人ができる秘訣」「器用な人」他。ばななの愛と、感動、生き抜く秘訣を書き記した50編。あなたの心に小さな奇蹟を起こす魅力のエッセイ。

●好評既刊
SLYスライ　世界の旅②
吉本ばなな

清瀬は以前の恋人の喬から彼がHIVポジティブであることを打ち明けられた。生と死へのたぎる想いを抱えた清瀬はおかまの日出雄と、喬を連れてエジプトへ……。真の友情の運命を描く。

幻冬舎文庫

●好評既刊
ハードボイルド／ハードラック
吉本ばなな
死んだ女友だちを思い起こす奇妙な夜。そして、入院中の姉の存在が、ひとりひとりの心情を色鮮やかに変えていく「ハードラック」。闇の中を過す人人の心が輝き始める時を描く、二つの癒しの物語。

●好評既刊
不倫と南米　世界の旅③
吉本ばなな
生々しく壮絶な南米の自然に、突き動かされる狂おしい恋を描く「窓の外」など、南米を旅しダイナミックに進化した、ばななワールドの鮮烈小説集。第十回ドゥマゴ文学賞受賞作品。

●好評既刊
虹　世界の旅④
吉本ばなな
レストラン「虹」。素朴な瑛子はフロア係に専心していた。が、母の急死で彼女の心は不調をきたし、思わぬ不幸を招く。複雑な気持を抱え、タヒチに旅立つ瑛子——。希望の訪れを描いた傑作長編。

●好評既刊
ばななブレイク
吉本ばなな
著者の人生を一変させた人々の言葉や生き方を紹介する「ひきつけられる人々」など。大きな気持ちで人生を展開する人々と、独特の視点で生活と事物を見極める著者初のコラム集。

●好評既刊
バナタイム
よしもとばなな
強大なエネルギーを感じたプロポーズの瞬間から、新しい生命が宿るまで。人生のターニングポイントを迎えながら学んだこと発見したこと。幸福の兆しの大切さを伝える名エッセイ集。

哀《かな》しい予感《よかん》

吉本《よしもと》ばなな

平成18年12月15日　初版発行
令和5年7月20日　4版発行

発行人——石原正康
編集人——高部真人
発行所——株式会社幻冬舎
〒151-0051東京都渋谷区千駄ヶ谷4-9-7
電話　03(5411)6222(営業)
　　　03(5411)6211(編集)
公式HP　https://www.gentosha.co.jp/
印刷・製本—中央精版印刷株式会社
装丁者——高橋雅之

幻冬舎文庫

ISBN4-344-40895-0　C0193　　よ-2-14